Marek Adamkowicz
SZEPTY

Oficynka

Wydanie pierwsze, Gdańsk 2010

Opracowanie edytorskie książki: kaziki.pl
Projekt okładki: Anna M. Damasiewicz
Zdjęcie © andreiuc88 | Shutterstock.com

ISBN 978-83-62465-00-2

Druk i oprawa:
Drukarnia Wydawnicza im. W. L. Anczyca
ul. Wrocławska 53
30–011 Kraków

Wyłączny dystrybutor:
Firma Księgarska Jacek Olesiejuk Sp. z o.o.
05–850 Ożarów Mazowiecki, ul. Poznańska 91
www.olesiejuk.pl

www.oficynka.pl
email: oficynka@oficynka.pl

Opowiadania dla I.

Pozdrowienia z Lüderitz

～಄～

Błogość na twarzy Gustawa von Kraffta mówiła sama za siebie: to był udany wieczór. Z obfitą kolacją, szlachetnymi trunkami i, co najważniejsze, w wyłącznie męskim gronie. Żadnego babskiego kwilenia, opowiadania o niedzielnych herbatkach, utyskiwania na dzieci. Ech, chciałoby się tak częściej posiedzieć, wypić ze starą wiarą, a — kto wie — może nawet zapalić. Tyle że doktor nie pozwala. Doktor... Własny siostrzeniec! Manfred Goerke! Swoją kuracją zdrowego wpędziłby do grobu! Głupiec z niego, choć w sumie złoty chłopak...

Von Krafftowi już dawno nie było tak dobrze. Na kilka godzin udało mu się zapomnieć o przypadłościach wieku i żonie, którą najchętniej wysłałby na drugi koniec Rzeszy. Albo inaczej: nie pozwoliłby jej stamtąd wrócić. Przecież nadal może sobie siedzieć u siostry nad Bodensee, ciesząc się widokami, które, jak sama mówi, mają w sobie więcej niemieckiego ducha niż te w Westpreussen. Taki, dajmy na to, Zoppot czy Danzig bez wątpienia są urzekające, jednak łatwo można w nich dostrzec owo nieprzyjemne słowiańskie podglebie. Chwilami człowiek ma wrażenie, że nie mieszka w Niemczech, ale na jakichś, pożal się Boże, misjach. Zwłaszcza gdy musi wysłuchiwać tych nieznośnych Polaków i Kaszubów.

Mężczyzna zapadł się w głębokim fotelu. Dopiero teraz poczuł, jak bardzo jest zmęczony. Spotkanie, owszem, było wspaniałe, jednak stanowczo za ciężkie jak na jego lata. Kiedy ma się już siedemdziesiątkę na karku, chcąc nie chcąc, trzeba się pogodzić z myślą, że szaleństwa, choćby najdrobniejsze, to bezpowrotna przeszłość. Oczywiście, zawsze można próbować złagodzić ból przemijania, ale sprawić, by zniknął on zupełnie — to niemożliwe.

Von Krafft sięgnął po leżącą na stoliku fajkę i niespiesznie ją oporządził. Ubił na dnie główki odrobinę tytoniu, przyłożył do niego ogień i wciągnął gorące powietrze. Pyknął raz i drugi, wysyłając pod sufit skołtuniony obłoczek dymu. Próbował przy tym przywołać postaci, które dopiero co odeszły od stołu w salonie. Druhowie, dzielni weterani — zostawili go w poczuciu, że oto zakończył się sen. Bo co by nie mówić, to cały ten wieczór wydawał się czymś nierealnym. Jak za dawnych lat siedzieli obok siebie major Stolzmann, major Gruber, siostrzeniec Manfred i on — emerytowany pułkownik Gustaw von Krafft, gospodarz okazałej willi przy Pelonkenstrasse. Aha, był jeszcze klecha, pastor Lemke, który wprawdzie

SZEPTY

…vy, lecz teraz, bez en-
…nię w jednej z parafii
… przez to względami
…raszała go na niedziel-
…więcie przekonana, że
…aszczyt domowi, który
…trwała niewzruszenie,
…jego męża, zdeklarowa-

…ą pułkownika po Lem-
…wie, które zebrało się te-
…niezręcznie. Von Kraffta,
…go łączyły lata spędzone
…ej, on natomiast nie miał
…czeń.
…kownik mruknął pod no-
…edzieć o spotkaniu i prze-
…okojnie, chwila po chwili.
…owo nic tego nie zapowia-
…zecież tak nieoczekiwanie
…, trudną do przewidzenia,

…anfredem Goerkem spotka-
…żna było jeszcze sobie wy-
… miejscu, w Langfuhr, i ze
…roblemu. Do Grubera, mie-
…rczyło wysłać telegram, jed-
…n ze Stolzmanem — tego na-
…ewał.

— To prawdziwy cud, że spotkałem pana majora — Goerke zabrał się za wyjaśnienia, gdy tylko zajęli miejsca przy stole. — Idę sobie Langgasse, ruch na ulicy jak diabli... o przepraszam pastorze, wymsknęło mi się, ale ruch naprawdę był duży: samochody, tramwaje, jakieś biegające dzieciaki, a tu nagle patrzę, sylwetka jakby znajoma. Sprężysty krok, wyprostowane plecy, w ręku laska dla fasonu; od razu poznać, że kawalerzysta. W pierwszej chwili pomyślałem, że to tylko ktoś podobny, no bo spodziewać się, że pan major... Ostatni raz widzieliśmy się przecież w Lüderitz! W życiu bym nie pomyślał, że zobaczę pana na starych śmieciach, w Danzig!

Goerke zawiesił głos, jak gdyby wciąż nie wierzył w spotkanie.

— Nic się pan, majorze, nie zmienił — dokończył, wzdychając głęboko.

Słysząc to, Stolzmann uśmiechnął się nieznacznie. Był to właściwie grymas świadczący, że nie jest łasy na puste pochlebstwa.

— Poruczniku Goerke, wiem, że chce być pan uprzejmy, tyle że lata naprawdę robią swoje — odezwał się basem. — Wszyscy się zmieniliśmy. Kiedy służył pan w Afryce pod moją komendą, miał pan jeszcze mleko pod nosem.

Doktor i pozostali goście zaczęli dyskretnie przyglądać się majorowi, stwierdzając w duchu, że czas naznaczył również i jego. Dawna, niezaprzeczalna uroda była tylko wspomnieniem. Włosy przerzedziły się, twarz obrosła zmarszczkami, a oczy zmatowiały i ukryły się za okularami w drucianych oprawkach. Pomimo tych zmian Stolzmann odróżniał się od pozostałych gości. Jego spojrzenie wskazywało na wybitną inteligencję, a opalenizna zdradzała, że przybył niedawno z Południa.

— Kiedy ja mówię prawdę! — Goerke nie rezygnował z kurtuazji. — Jakże bym śmiał kłamać własnemu dowódcy!

— Już dobrze, dobrze... — głos majora stał się łagodniejszy. — Najważniejsze, że nie rozmyślił się pan i skończył, tak jak zapowiadał, medycynę. Bo jest pan lekarzem, prawda?

Gorke przytaknął.

— Z ciekawości zapytam tylko, na którym uniwersytecie pan studiował?

— Wybrałem Greifswald, chociaż proponowano mi Berlin albo München. W każdym razie chciałem wykorzystać swoje doświadczenia z Afryki...

— Panowie, dość już tego gadania! — wtrącił się von Krafft. — Najwyższa pora, żebyśmy wypili za nasze spotkanie.

Uniósł kieliszek wysoko, pod kryształowy żyrandol, łapiąc do naczynia promienie elektrycznego światła. Upił łyk i odczekał, aż pozostali zrobią to samo.

— Szczerze powiedziawszy, majorze, myśleliśmy, że pan nie żyje — kontynuował von Krafft. — Tyle lat nie mieliśmy o panu żadnych wiadomości. Odkąd wyjechaliśmy w dziewięćset ósmym...

— Dziewięćset dziewiątym — poprawił Stolzmann.

— Właśnie. My wróciliśmy do kraju, a pan został w naszej Afryce Południowo-Zachodniej.

— Zostałem, bo kocham to miejsce, a poza tym ktoś musiał tam bronić interesów Cesarstwa. — Major błądził palcem po gładkiej ściance kieliszka. — Chyba nie muszę tłumaczyć, jak wiele to znaczyło, gdy wybuchła Wielka Wojna.

— Owszem, znaczyło, ale przypominam, że to w Europie, a nie w Afryce był główny front — wtrącił milczący dotąd Gruber.

— Jednych los zaprowadził pod Tannenberg, inni utknęli w Verdun. Nam przyszło ściągnąć na siebie Anglików z całego kontynentu!

— Panie majorze! Niechże pan nie przesadza! — obruszył się Gruber. — Anglików wodził za nos generał Lettow-Vorbeck w Afryce Wschodniej. Wie pan doskonale, że Windhoek straciliśmy już w dziewięćset piętnastym!

Stolzmann odparował uwagę jakimś zdawkowym wyjaśnieniem, po którym rozmowa coraz bardziej zaczęła schodzić na zawiłości ostatniej wojny. Przy dźwiękach sztućców stukających w talerze powróciły z całą swoją mocą spory o ofensywy i kontrofensywy, bitwy, kampanie i nazwy miejscowości, w których Francuzi bili się z Niemcami, Anglicy z Turkami, Rosjanie z Austriakami. Padały imiona książąt i cesarzy, bohaterskich generałów i tych, którzy doprowadzili Rzeszę do klęski. W miarę jak ubywało alkoholu, stawało się jasne, że Niemcy pokonali cara, wygrali wojnę na Wschodzie i niewiele brakowało, a wkroczyliby do Paryża. Gdyby tylko Ameryka nie wmieszała się w nieswoje sprawy i gdyby nie komuniści, którzy wbili armii nóż w plecy...

Kiedy dyskusja dotarła do nieszczęsnego wagonu w Compiègne, pułkownik uznał, że czas wrócić do spraw teraźniejszych.

— A właściwie, czemu zawdzięczamy pańską wizytę w naszym mieście, majorze? — odezwał się, mrużąc chytrze oczy.

Stolzmann wzdrygnął się, jakby akurat to pytanie było dla niego największym zaskoczeniem.

— Yyy... — zająknął się. — Mam tu do załatwienia pewną, że się tak wyrażę, osobistą sprawę.

— Jeżeli nie jest to tajemnicą, to chętnie dowiemy się czegoś więcej...

— Niestety, jak już powiedziałem, to sprawa osobista — Stolzmann uciął temat, dając tym samym do zrozumienia, że dalsze wypytywanie o powody jego wizyty będzie nietaktem.

Von Krafft dystyngowanie wytarł usta serwetką, pokazując, że chce powiedzieć coś bardzo ważnego.

— No taaak... rozumiem... — westchnął pułkownik. — Nie chciałem pana urazić. Zastanawiam się jednak, czy byłby pan skłonny wystąpić z prelekcją na temat niemieckiej Afryki? Tu, w Danzig, ludzie tak mało o niej wiedzą. Nawet nasz Stahlhelm ma do tego dystans, a przecież wiemy doskonale, jakie znaczenie mają dla każdego kraju kolonie. Mógłby pan opowiedzieć, na przykład jak biliśmy się z Hotentotami albo jak tym dzikusom nieśliśmy Boga i naszą kulturę. Poza tym, kto ma uświadamiać ludzi, że tamta ziemia nie może być wyłącznie własnością Anglików, Francuzów czy Belgów? Mocarstwa muszą nam oddać to, co zajęły bezprawnie!

Stolzmann opuścił wzrok, czekając na koniec wywodu.

— Jesteśmy w stanie zorganizować taki wieczór na przykład w Friedrich-Wilhelm-Schützenhaus. Przyjdą setki osób. Oczywiście za wykład dostanie pan odpowiednie honorarium.

Major milczał. Jego spojrzenie zakotwiczyło gdzieś na śnieżnej połaci obrusa. Nie przejmował się, że pozostali goście wpatrują się w niego uważnie.

— Dziękuję za propozycję, pułkowniku — zaczął powoli. — To dla mnie duży zaszczyt. Wie pan jednak, że są rzeczy, o których wolałbym nie przypominać...

„Są rzeczy, o których wolałbym nie przypominać" — dokładnie tak powiedział Stolzmann. Pułkownik zaciągnął się dymem. Oczami wyobraźni widział, jak tytoniowy obłok przesuwa się nad stołem i unosi ku ścianom, jak przesłania portrety cesarza, kronprinza i niezbyt udane pejzaże okolic Glettkau i Brösen.

„A potem pojawiła się Marta" — von Krafft przypomniał sobie ów moment, w którym służąca wkroczyła do salonu, by się upewnić, czy gościom niczego nie brakuje. Wraz z jej nadejściem z głębi willi dobiegło ujadanie psa.

— Marto, na litość Boską! Co on tak szczeka?! Zrób coś z nim, natychmiast!

Kobieta dygnęła i znikła w korytarzu.

— Widocznie jacyś Żydzi kręcą się pod domem — gospodarz odezwał się przepraszająco. — Puffi jest niesamowicie wyczulony na Żydów. Zawsze powtarzam, że trzeba ich zamknąć w rezerwacie. Amerykanie zrobili tak z czerwonoskórymi i teraz mają spokój. Zresztą z Hererami trzeba było postąpić podobnie.

— Co też pan mówi?! To niedopuszczalne! — twarz Lemkego spurpurowiała, ale na von Kraffcie jego wzburzenie nie zrobiło większego wrażenia.

— Widzę, że w naszym gronie mamy jeszcze jednego Schweitzera! — pułkownik z politowaniem pokręcił głową. — Proszę jednak pamiętać, drogi pastorze, że na wojnie nie ma sentymentów. Albo my ich wykończymy, albo oni nas. Weźmy przykład z Manfreda: przeszedł całą kampanię afrykańską i nie stracił żadnego ze swych ludzi tylko dlatego, że się nie patyczkował. W dziewięćset czwartym zabił więcej Hererów, niż ma teraz włosów na głowie!

— Szczerze powiedziawszy, nie wiem, czy to jest powód do chwały — duchowny rozłożył ręce. — Pogan można zabić, ale martwych nawrócić się nie da...

— Oni i tak tylko udają, że się nawrócili. Można ich ochrzcić, nauczyć katechizmu, ale kiedy nikt nie widzi, dalej biją pokłony swoim bałwanom, prawda Manfredzie?

— Tak, wuju.

— Opowiedz zatem naszemu obrońcy dzikusów, jak to było z tym szamanem, którego dopadliśmy po bitwie pod Waterbergiem.

— Ooo... to zupełnie niezwykła historia — Goerke się ożywił. — Otóż jeden ze złapanych Hererów po prostu wuja przeklął!

Na twarzy pastora pojawiło się zaciekawienie.

— Jak to przeklął?

— Powiedział, że kiedy nastanie godzina śmierci, nie będzie przy nim jego kobiety. Ale najpierw padną wujowi wszystkie zwierzęta.

— Murzyńskie gadanie — von Krafft uśmiechnął się szeroko. — Na szczęście Manfred je odczarował.

— Odczarował? W jaki sposób?

— Ołowiem! — śmiech gospodarza zadudnił nad stołem, zlewając się z rechotem Goerkego i majora Grubera.

— Nie widzę w tym nic zabawnego! — Lemke uniósł głos, który mimo to utonął w rozgardiaszu.

Gdy towarzystwo nieco ucichło, odezwał się Stolzmann.

— Całkowicie się zgadzam z pastorem. Od początku byłem przeciwny wyrzynaniu Hotentotów, ale gubernator von Trotha miał inny pomysł na rozwiązanie naszych problemów. Jesteśmy Europejczykami i przy odrobinie dobrej woli wystarczyło...

— Niech pastor nie słucha tych bzdur o miłosierdziu! — von Krafft lekceważąco machnął ręką. — Wystrzelanie czarnych to naprawdę był dobry pomysł. I skorzystaliśmy z niego, dzięki Bogu. Zresztą nie chcę przypominać, majorze, że w całej tej afrykańskiej awanturze miał pan dużo szczęścia...

— Nie rozumiem... — po Lemkem widać było, że gubi się w zawiłościach spraw kolonialnych.

— Stolzmann omal nie trafił pod sąd wojenny za odmowę walki — von Krafft konfidencjonalnie przybliżył się do ucha duchownego.

— Za odmowę rzezi! — major zaprzeczył ostro.

— Za odmowę walki! I to z dzikusami! Przed plutonem egzekucyjnym uratowało pana tylko to, że w Afryce każdy biały, który mógł utrzymać karabin, był na wagę złota!

W salonie zaległa niezręczna cisza, którą przełamała dopiero ciekawość Lemkego.

— A myślał pan kiedykolwiek o tej klątwie, pułkowniku?

— Drogi pastorze! Zabawne w tym wszystkim jest to, że od tamtej pory minęło prawie trzydzieści lat, a ja, jak widać, wciąż mam się całkiem nieźle — von Krafft wymownie poklepał się po brzuchu. — To wyłączna zasługa Manfreda. Dba o mnie jak rodzony syn...

Spięcie, choć gwałtowne, nie zburzyło przyjemnego nastroju wieczoru. Gruber i doktor Goerke opuszczali willę uśmiechnięci, podobnie zresztą jak major Stolzmann, dla którego ważniejsza okazała się pamięć o jasnych chwilach życia w Afryce. Jedynie pastor Lemke sprawiał wrażenie, że ze spotkania wychodzi z uczuciem niedosytu.

— Chętnie bym się dowiedział czegoś więcej o Afryce — powiedział, stojąc na schodach domu.

— Z pewnością będzie jeszcze ku temu okazja — von Krafft uniósł rękę na pożegnanie. — Obiecuję.

Następnego ranka pułkownik obudził się później niż zazwyczaj. Dzień był już w pełnym rozkwicie, a sypialnia tonęła w bladym, wczesnojesiennym słońcu. Jego promienie, filtrowane czerwonymi i fioletowymi szybkami w oknach pokoju, układały się w fantazyjne mozaiki. Owa gra kolorów oglądana półsennie sprawiła, że przez chwilę von Krafft nie miał pewności, gdzie jest. Oliva zamieniała się w Lüderitz na dalekim Południu, to znów Lüderitz pachniało jak ukochana Oliva. Tamtejsze domy były przecież podobne do tych z Zoppot, Langfuhr czy Danzig — solidne, murowane, z widocznym na elewacji żebrowaniem belek. Niekiedy zdobiono je skromnymi witrażami, jednak wszystkie, bez wyjątku, starano się budować w bliskości morza i wzgórz.

Pułkownik przetarł oczy i przeciągnął się. Ziewnął, nie zasłaniając ust. Wprawdzie nie spał zbyt długo, lecz czuł się wypoczęty. „To przez tę ciszę" — pomyślał i zaraz złapał się na tym, że brak jakichkolwiek głosów jest w jego domu czymś anormalnym. Codziennie budziło go — rozlegające się w domu albo w ogrodzie — szczekanie psa. Bywało też, że zwierzę zakradało się do sypialni, a wtedy budzikiem stawał się jego obrzydliwie mokry jęzor.

Von Krafft usiadł na brzegu łóżka i wsunął stopy w pantofle. Były tak zimne, że najchętniej wróciłby pod kołdrę. Sycząc, przetrzymał nieprzyjemny moment. Wstał i nałożył bonżurkę.

— Puffi! Gdzie jesteś piesku? — wyjrzał na korytarz. Przeszedł jego długość i zatrzymał się przy schodach. — Puffi, no gdzie się podziewasz?

Psa nie było ani w hallu, ani w salonie, ani nawet w kuchni, po której kręciła się służąca.

— Dzień dobry, Marto — odezwał się pierwszy. — Nie widziałaś Puffiego?

Kobieta zaprzeczyła, ale wskazała na ogród.

— Pewnie sobie biega.

Pułkownik spojrzał przez okna w kuchni i w bibliotece, zlustrował ogród od strony tarasu. Na obramowanej żywopłotem przestrzeni nic się nie poruszyło. Niepokój von Kraffta stał się jeszcze większy. Z Puffim nigdy nie było kłopotu, więc co się stało?

— A może uciekł, jak wychodzili goście?

— Raczej nie... — Marta zamyśliła się — Na pewno nie! Jak zamykałam furtkę, to był jeszcze na dworze.

Gospodarz niedbale narzucił na siebie płaszcz i wyszedł z domu. Jego kroki zachrzęściły na kamienistej alejce. Rozejrzał się po podjeździe i powoli zbliżył do ogrodzenia. Pod krzakiem leżało ciemne, kudłate cielsko.

— Ależ to... — zaczął, lecz głos zamarł mu w krtani. Nie mógł uwierzyć.

Przykucnął, by przesunąć dłonią po wilgotnej psiej sierści. Zwierzę nie żyło. Było sztywne, z wydętym brzuchem. Szczerzyło się z wywalonym na wierzch językiem, jakby próbowało odstraszyć śmierć, która po nie przyszła.

— Puffi, piesku! Kto ci to zrobił? — w oku mężczyzny zakręciła się łza.

Von Krafft podźwignął się. Postawa wyprostowana zawsze dodawała mu sił. Tak było nawet pod Waterbergiem, gdzie śmiało stawił czoła tysiącom Hererów. Stał wtedy niewzruszony w pełnym słońcu i strzelał, dopóki nie zabił ostatniego z atakujących Murzynów. Pułkownik odwrócił się i ruszył w stronę willi. Jego kroki były teraz ciężkie, powłóczyste, stawiane w otępieniu. Z korytarza, nie zaglądając do kuchni, odezwał się do Marty:

— On nie żyje. Trzeba go gdzieś zakopać.

Gosposia nic nie odpowiedziała.

Ze wszystkich dni tygodnia Gustaw von Krafft najbardziej lubił czwartek. Rezerwował go na długi spacer — z Pelonkenstrasse aż do Schlossgarten. Siadał tam na ławce nad stawem i oddawał się lekturze gazet. Był to rytuał, który pielęgnował dla przyjemności, ale też dla zdrowia, kierując się zaleceniami lekarza. Goerke często powtarzał, że nigdzie nie ma tak dobrego powietrza jak w dawnym cysterskim ogrodzie. Von Krafft nie oponował. Zresztą i bez medycznych nakazów lubił odwiedzać to miejsce, by chłonąć wyjątkową mieszankę mroźnej rześkości morza i zapachu egzotycznych drzew i kwiatów.

Rano, jeszcze przed śniadaniem, napisał do żony list. Żeby jej nie martwić, przemilczał śmierć Puffiego, wspomniał za to o kolacji w gronie starych towarzyszy i zapewnił, że u niego wszystko w porządku. W dwu zdaniach pochwalił też Martę.

Kiedy tak swoim nieco kanciastym pismem zapełniał arkusze ozdobnego papieru, pojawił się w nim niewielki żal, że nie ma przy nim Else. Od trzech tygodni siedziała nad granicą szwajcarską, ale do tej pory przysłała tylko jedną pocztówkę. Jej treść była lakoniczna. Żona informowała go, że podróż była męcząca, za to widoki są wspaniałe, i prosiła, żeby uważał na zdrowie.

Nie, von Krafft nie miał pretensji o ten wyjazd. Przeciwnie. Sam namawiał na niego, tyle że teraz, w tym konkretnym momencie, wolał mieć Else u swojego boku.

Nierealne marzenia.

Przeżyli ze sobą niemal dwadzieścia lat, o których można powiedzieć, że były względnie szczęśliwe. Gdy ją poznał, była drobnomieszczańską panną Laubach, a on opromienionym sławą bohaterem spod Waterbergu. Pisali o nim w „Danziger Zeitung", „Danziger Neusten Nachrichten" i niemal we wszystkich pozostałych gazetach. Brylował na przyjęciach, obnosząc się swoim Pour le Mérite i świeżym „von" przed nazwiskiem.

Do wyboru miał wtedy kilka dobrych partii. Zdecydował się na kobietę z zamożnego gdańskiego domu. Z myślą o powiększeniu rodziny kupili okazałą willę przy Pelonkenstrasse, jednak dzieci się nie doczekali. Lekarze tłumaczyli, że to z powodu afrykańskiego klimatu, który u białych może zaburzać zdolność prokreacji. Dlatego tak bliski stał się im Goerke, któremu po powrocie do kraju pomogli dostać się na studia, a potem wyszukali dobrą praktykę i załatwili posadę w Städtisches Krankenhaus. Od tamtej pory wspierali go coraz rzadziej, za to on był im potrzebny coraz częściej. Wprawdzie Else von Krafft była jeszcze w pełni sił, za to u jej męża widać było, jak wysoką cenę przyszło mu płacić za lata spędzone pod zwrotnikiem. Szczególnie dała mu się we znaki druga podróż, kiedy to został wezwany do tłumienia kolejnego powstania tubylców. Kiedy wygasło, armia zrezygnowała z jego usług, przypominając sobie później o jego umiejętnościach dowódczych tylko raz — w dziewięćset czternastym. Zmobilizowano go wówczas jako oficera sztabowego, co dla człowieka lubiącego być zawsze na pierwszej linii było prawdziwą udręką.

W drodze powrotnej z ogrodu pałacowego pułkownik pozwolił sobie na luksus — pojechał taksówką. Po dwóch godzinach spaceru i niezbyt przyjemnych rozmyślań chciał jak najszybciej zasiąść do popołudniowej kawy. Zadowolony, że tak szybko znalazł się przed willą, dał kierowcy sowity napiwek.

Kuta, metalowa furtka skrzypnęła, pod stopami von Kraffta zachrzęściły kamyki. Stanął na schodach domu i... nie mógł uwierzyć własnym oczom. Frontowe drzwi były uchylone! Popchnął je lekko i ostrożnie postawił nogę w hallu. Dom zatopiony był w ciszy.

Na czole pułkownika wystąpiły kropelki potu. Usadowiły się u nasady kapelusza, nieprzyjemnie łaskocząc skórę. Ostrożnie przeszedł do pustego salonu, a potem wycofał się na korytarz i zajrzał do znajdującej się po jego drugiej stronie kuchni. Spodziewał się, że jakimś cudem zastanie tam Martę, jednak przeliczył się. Nie było nikogo.

Zdjął płaszcz i kapelusz. Odruchowo chciał odstawić również laskę, lecz przypomniał sobie, że jest w niej ukryty sztylet. Wyciągnął go i trzymając się poręczy, ruszył na piętro. Zadarta do góry głowa daremnie próbowała wyłowić jakikolwiek ruch albo dźwięk. Pułkownik wszedł do gabinetu, którego drzwi czekały na niego rozwarte, mimo że wychodząc na spacer, również zamknął je na klucz; nie lubił, kiedy zaglądano do jego królestwa. W pokoju nadal panował porządek, jednak von Krafft od razu dostrzegł leżącą na biurku książkę, której bynajmniej tam nie kładł. Zbliżył się do stołu i przyjrzał się jej. Było to oprawione w skórę wydanie *Kolonii Niemiec*. Na rozłożonych stronach różowiła się plama Niemieckiej Afryki Południowo-Zachodniej, na niej zaś leżało coś, co wyglądało na egzotyczną ozdobę. Ujął ją w dwa palce i podniósł na wysokość oczu. Przypominała ząb drapieżnego zwierzęcia. Podobne wisiorki pułkownik widywał u Hererów. Nosili je ich najdzielniejsi wojownicy i szamani.

— Nie, to niemożliwe — wzdrygnął się. Najwyraźniej ktoś chce dać mu do zrozumienia, że o starych sprawach, ciągnących się jeszcze z Afryki, nie powinien zapominać.

„Więc mam wierzyć w tę klątwę? — von Kraffta ogarnęła wściekłość. — W jakieś czary-mary? Bzdura! No, chyba że..."

Zagryzł wargi.

„Skoro światy nadprzyrodzone nie wchodzą w rachubę, to zostają ludzie! Na przykład Stolzmann... Ale czy awantura sprzed trzydziestu lat mogła go pchnąć do robienia takich rzeczy? Z drugiej zaś strony, dlaczego tak nieoczekiwanie zjawił się w mieście i dlaczego nie chciał o tym rozmawiać?"

Pułkownik ścisnął ozdobę w dłoni.

— Znajdę go! — wydyszał i w pośpiechu zszedł na dół. Zatelefonował do siostrzeńca, by zapytać, czy nie wie, gdzie zatrzymał się Stolzmann. Manfred powiedział, że prawdopodobnie w Danziger Hof przy Dominikswall. Von Krafft zadzwonił więc do hotelu, lecz tu spotkało go rozczarowanie. Zasłaniając się dobrymi obyczajami i renomą firmy, odmówiono mu udzielenia informacji.

— Do diabła! — trzasnął słuchawką i poluzował krawat. Na jego szyi wystąpiły grube, ciemnoniebieskie żyły.

— Muszę chwilę odpocząć — sapnął, opadając na krzesło. Było mu gorąco, a usta zrobiły się suche. Nalał wody z karafki i wypił ją łapczywie.

„Takie pragnienie musieli mieć tamci Hererowie" — ta myśl pojawiła się niewiadomo skąd i od razu splotła się ze Stolzmannem. To przecież major dowodził oddziałem mającym bronić Hererom dostępu do nielicznych źródeł i studni na obrzeżach Kalahari. Rozkazy miał jasne: strzelać do każdego, kto się zbliży. Wiek i płeć bez znaczenia. I Stolzmann jako jedyny nie posłuchał. Kiedy na horyzoncie pojawił się korowód skrajnie wyczerpanych tubylców, zaniechał wydania rozkazu otwarcia ognia. Niewiele brakowało, a zignorowaliby oni zakaz zbliżania się do wodopoju. Na szczęście wtedy na miejscu pojawił się on, pułkownik Krafft, i podjął jedyną słuszną decyzję: strzelać. Takie było przecież polecenie samego gubernatora.

Do Danziger Hof wszedł tak, jakby był gościem tego ekskluzywnego hotelu — powoli i majestatycznie. Jego ruchy nie pozostawiały złudzeń co do pozycji społecznej.

Bogato zdobione wnętrze nie przytłumiło pułkownika, sprawiło raczej, że poczuł spokój i pewność siebie. Znowu był szanowanym, mającym szerokie kontakty obywatelem, choć w sprawie, którą chciał załatwić, nie miało to żadnego znaczenia. Rozbiegane oczka recepcjonisty z daleka zdradzały, że powoływanie się na bitewne rany i znajomych z nazwiskami niewiele tu pomoże.

— Dzień dobry. Czym mógłbym służyć? — zapytał stojący za kontuarem mężczyzna.

W przydużym uniformie, z chudymi jak u szczura wąsikami, przypominał cyrkowego konferansjera, który zaraz zapowie występ klauna albo pokaz tygrysów.

— Widzi pan, przyjechałem dzisiaj do Danzig, a miałem z kimś tu się spotkać — von Krafft udał zagubionego. — Chodzi o mojego przyjaciela, majora Stolzmanna.

— Przykro mi, ale wątpię, czy mogę udzielić takich informacji — wąsiki recepcjonisty poruszyły się zabawnie. — Nasz hotel słynie z dyskrecji, cieszymy się zaufaniem klientów.

— W takim razie muszę powiedzieć, że to sprawa wagi państwowej.

— Nie bardzo rozumiem.

— Od tego mogą zależeć losy, że tak powiem, Bank von Danzig — pułkownik przesunął dłonią po blacie i lekko rozchylił palce. Pomiędzy nimi pojawił się banknot.

— To rzeczywiście poważna sprawa — recepcjonista dyskretnie rozejrzał się na lewo i prawo i zanim von Krafft zdążył się zorientować, przechwycił pieniądze. — Zobaczę jednak, co da się zrobić. Stolzmann, powiada pan?

Z wystudiowaną powagą zaczął wertować księgę gości.

— Major Stolzmann z Lüderitz... Wymeldował się dziś rano.

— Jak to? Wyjechał? Ot, tak? Chyba zostawił mi jakąś wiadomość?

Recepcjonista wzruszył ramionami.

— Zupełnie nic? — von Krafft z najwyższym trudem zachowywał spokój. — Proszę pomyśleć! Bank von Danzig naprawdę jest w potrzebie!

Pułkownik raz jeszcze przesunął dłonią po blacie, pokazując, że tym razem kryje się pod nim banknot o wyższym nominale.

— O ile sobie przypominam, to ów dżentelmen wspominał, że ma w okolicy jakieś sprawy do załatwienia. Doprawdy dziwny człowiek. A do tego jeszcze te jego afrykańskie klamoty. Przywiózł ze sobą jakieś tarcze, maski, dzidy. Kiedy chłopcy hotelowi próbowali dowiedzieć się, po co mu to wszystko, odpowiadał, że to dla kogoś, by nie zapomniał o Afryce.

— Zdaje się, że chodziło mu o mnie — von Krafft powiedział to bardziej do siebie niż do recepcjonisty. Przytknął pożegnalnie palce do kapelusza i dziękując za pomoc, wyszedł na ulicę. Świeże powietrze odurzyło go i zakręciło mu w głowie. Stojąc przed ceglastym, neorenesansowym budynkiem, wsunął rękę do kieszeni płaszcza. Chciał otrzeć pot z czoła, lecz zamiast poszukiwanej chusteczki, pod palcami wyczuł papier. Była to niewielka, złożona na pół kartka. Rozprostował ją, a wtedy jego oczom ukazały się nakreślone czerwonym mazidłem słowa, których znaczenie mógł pojąć tylko ktoś, kto dobrze znał południe Czarnego Lądu...

Intuicja to potężna siła, a Manfreda Goerkego od bladego świtu nie odstępowało przeczucie, że właśnie dzisiaj, siódmego października tysiąc dziewięćset trzydziestego drugiego roku, stanie się coś ważnego. W swoim przekonaniu, cokolwiek mało empirycznym, nie był odosobniony. Ostatnio przekonał się, że wiara w nieuniknione nie opuszcza także jego dobrego znajomego, profesora Butentandta, którego spotkał przed Technische Hochschule. Zamienili wprawdzie tylko kilka zdań, ale wynikało z nich, że jego eksperymenty z hormonami płciowymi, mimo początkowo marnych wyników, wyglądają obiecująco i jest prawdopodobne, iż kiedyś za ich pomocą będzie można wabić kobiety.

„To wcale niegłupie — Goerke się rozmarzył. — Wystarczy odrobina takiego ekstraktu, by móc posiąść każdą dziewczynę! Żadna się nie oprze!"

Najchętniej zacząłby od siostry oddziałowej, Agnes Wischniewski, która właśnie ukazała się na końcu szpitalnego korytarza. Była daleko, lecz Goerkemu zrobiło się gorąco. Szczupła, ze starannie upiętymi blond włosami, biegła, stawiając drobne kroczki.

— Panie doktorze! Proszę szybko do telefonu! — krzyknęła z połowy korytarza.

Manfred ruszył naprzeciw niej. W dyżurce chwycił słuchawkę.

— Goerke. Słucham.

Po drugiej stronie rozległo się spazmatyczne chlipanie, padło parę słów.

— Tak, tak, zrozumiałem. Zaraz przyjadę — zapewnił i się rozłączył.

Dziękując siostrze Wischniewski za informację, poprosił, by wszystkie konsultacje przełożyć na popołudnie. Obiecał, że wróci do szpitala najszybciej, jak to będzie możliwe.

Pół godziny później stał przed willą von Kraffta.

— Panie doktorze! Pułkownik nie żyje! — służąca powitała Manfreda z zaczerwienionymi oczami. — Nie wiem, jak to się stało…

— Gdzie on jest? — Goerkemu daleko było do wylewności.

Marta wskazała drzwi salonu. Doktor otworzył je natychmiast. W pierwszej chwili wydało mu się, że pokój jest pusty. Długi, dębowy stół, podręczny stolik, na ścianach podobizny cesarza i kronprinza — wszystko było na swoim miejscu. No, prawie wszystko. Ze stojącego tyłem do wejścia fotela zwisała czyjaś ręka, pod nią, na podłodze, leżał zmięty papier.

Georke zbliżył się. Ciało wuja wyginało się w nienaturalnej pozycji, a jego oczy wpatrywały się martwo w postać cesarza Wilhelma.

— Co mu się stało, panie doktorze? — w głosie służącej słychać było lęk.

— Jeszcze nie wiem — odparł, przystępując do obdukcji.

Rutynowo sprawdził, czy jest puls, i przyłożył lusterko do ust wuja. Nie wysilił się, by stwierdzić autorytatywnie, że przyczyną śmierci był atak serca.

„Podobno to dość łagodny rodzaj zejścia — pomyślał, jakby po raz pierwszy zetknął się z takim zgonem. — Na pewno lepszy niż, dajmy na to, rak. Zamiast ciągnącego się miesiącami cierpienia, wszystko kończy się po gwałtownym skurczu. Zwykle nie pozwala on nawet krzyknąć. Tylko pozazdrościć takiego rozstania ze światem…"

Goerke odwrócił się do Marty.

— Zawał — odezwał się beznamiętnie. — Kiedy go pani znalazła?

— Dziś rano, około ósmej.

— To znaczy, że nie mogliśmy pomóc. Sądząc po zmianach na ciele, atak serca nastąpił wczoraj wieczorem. Biedny wuj Gustaw…

Na policzku kobiety zasrebrzyła się łza. Wytarła ją rąbkiem fartucha, ale widać było, że wstrząs z powodu śmierci chlebodawcy miesza się z niepewnością i dręczącym pytaniem: co teraz ze mną będzie?

Manfred rozłożył ręce, oznajmiając, że jego rola dobiegła końca i że zrobił dla wuja „wszystko, co tylko możliwe".

Marta skinęła ze zrozumieniem, choć tak naprawdę nie była niczego świadoma. Skąd mogła wiedzieć, że Gustaw von Krafft zaczął umierać tuż po owej niezapomnianej kolacji i to za sprawą własnego siostrzeńca. Tak, to on sprawił, że zdechł pies, niczemu niewinny Puffi, któremu Goerke dał polizać, a w zasadzie w którego wmusił solidną porcję arszeniku. Nikt się w tym nie połapał. Może dlatego, że wszystko zostało rozegrane mistrzowsko, a pułkownik nie był dość inteligentny, by czegokolwiek się domyślić. W każdym razie tamtego wieczoru goście wychodzili ze spotkania razem, ale tylko Goerke nie pożegnał się z willą. Wrócił do swojego mieszkania w Langfuhr po fiolkę z arszenikiem. Potem cofnął się do domu wuja i cicho przywołał psa. Zwierzę znało go dobrze, więc przybiegło z ufnością. Nafaszerował je trucizną i wrócił do siebie. Wyprawa zajęła mu niespełna pół godziny.

Śmierć ulubionego psa musiała von Kraffta wprawić w przygnębienie i Goerke miał tego świadomość. Było to jednak zbyt mało, by poruszyć twardym, żołnierskim sercem wuja. Dlatego zakradł się i podrzucił amulet. Zrobił to oczywiście w czwartek. Wiedział doskonale, że nic nie jest w stanie zmienić przyzwyczajeń krewnego i że będzie on na spacerze w Schlossgarten. Poza tym tego dnia wychodne miała również Marta. Gdyby było trzeba, wymyśliłby sposób, by von Krafftowi dostarczyć kolejnych „afrykańskich wrażeń", ale, na szczęście, nie musiał się nadto wysilać. Skończyło się na wsunięciu listu do kieszeni płaszcza. Wuj był tak zaaferowany szukaniem majora Stolzmanna w Danziger Hof, że zupełnie nie widział, co się wokół niego dzieje. Wystarczyło więc przejść obok kontuaru, przy którym von Krafft dyskutował z recepcjonistą, i wsunąć kartkę.

„Tak, to był majstersztyk" — samozadowolenie Manfreda sięgnęło zenitu, choć sam pomysł wydał mu się banalnie prosty: napisać kilka zdań w języku afrikaans o „pragnieniu śmierci" albo o „śmierci z pragnienia". Jak widać, dla pułkownika była to dostatecznie zrozumiała aluzja, a przy tym na tyle mocna, że wreszcie ruszyło go sumienie…

„Prawdę powiedziawszy, wuj sam był sobie winien" — doktor rozbudowywał w myślach swoją teorię. No bo po co w ogóle przypominał o tej głupiej klątwie? O takich sprawach się nie mówi, zwłaszcza gdy ma się słabe serce. W innych okolicznościach zapewne nie miałyby one żadnego znaczenia, ale sytuacja okazała się sprzyjająca dla radykalnych rozwiązań. Wszystko przez te długi i nieszczęsną ruletkę w Kasino-Hotel. Goerke tak bardzo pogrążył się w hazardzie, że w końcu zaczęli go nawiedzać wierzyciele. Byli na tyle bezczelni, że przychodzili nawet do szpitala. Na szczęście z pomocą w tarapatach pospieszył wuj, który okazał niebywałą hojność. Fakt, że pośmiertną. Powiedział przecież, że w dowód wdzięczności za lata opieki zapisał Manfredowi w testamencie kilka tysięcy guldenów. Pieniądze pojawiły się więc w jak najbardziej stosownym momencie. A serce von Kraffta...? No cóż, stanęło *całkiem naturalnie*. W ostatnim roku i tak pracowało nie najlepiej, bo jak wiadomo wuj nie zawsze przestrzegał zaleceń lekarza. Lubił ukradkiem coś wypić, zapalić...

Marta wciąż stała w drzwiach, wybałuszając zaczerwienione oczy. Była jednak trochę spokojniejsza.

— Proszę przynieść prześcieradło, przecież wuj nie może tak leżeć — głos Goerkego uderzał swoją stanowczością. — I proszę się nie martwić, powiadomię panią von Krafft. Najpierw jednak wypiszę akt zgonu.

Szepty

⟿⟐⟿

Czas nie chciał przyspieszyć. Płynął jednostajnie, w rytmie odmierzanym złotymi wskazówkami na eleganckim cyferblacie. Cyk, cyk, cyk — od dwunastki do fantazyjnie zawiniętej szóstki. I z powrotem.

Karl Moser patrzył na ten niespieszny ruch z wyraźną irytacją. Nie mógł się wyzbyć wrażenia, że zegarek śmieje się mu prosto w twarz albo zwyczajnie chce go nauczyć pokory.

„Dobrze, przyjmuję wyzwanie" — tłumaczył sobie, jednak spokój wcale nie nadchodził. Za to serce dudniło jak oszalałe.

— Jeszcze kwadrans... Nie, już tylko czternaście minut... — szepnął do siebie i powoli dźwignął się z ławki.

Wystudiowana ociężałość miała zamaskować ogarniające go podniecenie. Wprawdzie w pobliżu nie było nikogo, ale Moser postanowił, że i tak będzie się pilnował. Nie da po sobie poznać, że właśnie robi coś nietaktownego. Że jest ledwie o krok od złamania szóstego z przykazań Bożych.

Postąpił kilka kroków i to wystarczyło, by zrozumiał, że oszukiwanie siebie jest nadaremne. Tak naprawdę chciał biec, być jak najszybciej w zakątku, gdzie miała na niego czekać poznana przedwczoraj kobieta. Niezwykła, wręcz zjawiskowa brunetka. Wystarczyło tylko obejść staw i zagłębić się w ocienioną alejkę tuż za zakrętem.

— Jak będziesz w Oliwie, odwiedź koniecznie groty szeptów w przypałacowym parku — namawiała go. — Wejdź bramą od Am Schlossgarten. Stamtąd jest najbliżej.

Przyszedł więc tak, jak prosiła — po południu, znacznie wyprzedzając godzinę spotkania. Przez chwilę kręcił się wokół parkowego stawu, gdzie na wodzie kołysało się stadko kaczek krzyżówek, po czym zajął miejsce na ławce. Zasłonił się wymiętą płachtą „Danziger Neusten Nachrichten" i czekał.

W gazecie nie było nic ciekawego. Życie — według niej — układało się w ciąg mniejszych i większych tragedii, pośród których nie było miejsca dla kogoś takiego jak Moser. On przecież był człowiekiem szczęśliwym i spodziewającym się wyłącznie pomnożenia owej pomyślności. Zwłaszcza w taki dzień jak dziś.

Jedyną rzeczą, jaka zajmowała go w tej chwili, była wątpliwość, jak powinien traktować nadchodzące spotkanie, co wbrew pozorom nie było tak oczywiste. Myśl, że za chwilę zacznie się schadzka kochanków, działała wprawdzie niczym afrodyzjak, lecz na dobrą sprawę nie było podstaw, żeby wyciągać tak daleko idące wnioski. Z drugiej strony nie mógł też powiedzieć, że czeka na spacer z przyjaciółką. Przyjaciółek nie poznaje się przygodnie i nie umawiają się chętnie na... rendez-vous. Moser uśmiechnął się po nosem. Nareszcie miał, czego szukał! Przecież rendez-vous może oznaczać wszystko! Równie dobrze pasuje do jednodniowego romansu, jak i prawdziwej miłości. Takiej, która przychodzi niespodzianie i trwa całe życie!

Karl nie miał absolutnie nic przeciwko temu, by miłość przyszła do niego właśnie dzisiaj, w bajkowej scenerii przyklasztornego parku.

Jego widok zachwycił go od razu. Niewielki, acz urządzony ze smakiem, sprawiał wrażenie oazy spokoju. Ogród w stylu francuskim przechodził tu niezauważalnie w klimat dalekiej Japonii. Niezależnie od tego, w której jego części się było, człowiek mógł się wyciszyć. A pośrodku parku jaśniał rokokowym przepychem niegdysiejszy pałac cysterskich opatów.

Podążając cienistą alejką, Moser bezwiednie szukał porównań z berlińskim Tiergarten. Ogród w stolicy Niemiec był cząstką jego świata, tego najdawniejszego, o którym niemal zdążył już zapomnieć. Miał jeszcze wówczas ów szczególny dar obserwowania świata i cieszenia się jego urokami. Beztrosko uganiał się za gołębiami albo uciekającą obręczą, pochylał nad klombami lub przyglądał ludziom, zadowolonym ze swobody świątecznego dnia. Berliński zwierzyniec był wówczas azylem, w którym znajdował wytchnienie od zgiełku panującego przed Pałacem Cesarskim. Ojciec ciągał go tam co tydzień, by podziwiał musztry, przemarsze, parady, błysk pałaszy i głośną muzykę wojskowej orkiestry. Przede wszystkim zaś, żeby nabrał patriotycznego zapału, jaki wzbudzić może jedynie miłościwie panujący cesarz Wilhelm II. Karl szedł więc posłusznie, trzymany mocną dłonią ojca, i odczekiwał do końca narodowego spektaklu. Kiedy później przekraczał bramy Tiergarten, bez najmniejszych wyrzutów sumienia zapominał o cesarzu — wcielonym herosie, będącym zarazem uosobieniem wszystkich cnót Rzeszy.

Dla Karla znacznie bardziej interesujące niż sumiastowąsy władca były wtedy drzewa. Szybko zauważył, że każdego tygodnia są one inne. Zmieniają się zgodnie z porami roku. Zimą wyglądają jak ustawione na sztorc kłody, jednakie w swojej martwocie i czekające wiosny, która wpuści weń nowe życie. Wiosna dawała drzewom zieleń, lato złocistość, jesień rozpalała ogień, który ogałacał konary.

Chłopcu najbardziej podobał się czas zmartwychwstawania po zimie. Co roku starał się uchwycić ten ledwie zauważalny moment, gdy z zaschniętych gałęzi wynurzają się drobniutkie pączki. Nabrzmiałe w promieniach słońca, wystrzelały zielonością liści. Na każdym drzewie były one inne, przypisane osobno danemu gatunkowi. Karl zbierał je i suszył w książkach, według swej naiwnie prostej systematyki: bracia Grimm dostawali liście kasztanowca, Andersen — klonu, Perrault — jesionu lub jarzębiny.

Spacerując po parku, tej niewątpliwie najpiękniejszej części Oliwy, Moser przyłapał się na tym, że na nowo przeżywa dni, które minęły. Drzewom przyglądał się wprawdzie przelotnie, ale z nagle odzyskaną umiejętnością dostrzegania drobiazgów i gdyby nie zbliżanie się umówionej godziny spotkania, zapewne poświęciłby się szukaniu w każdym z nich jakiejś osobliwości.

Alejka, którą podążał, zakręciła i łagodnie opadła w nieckowatą dolinkę. Znaczyło to, że dotarł już na miejsce, do grót szeptów. Nie było przy nich nikogo. Spokój, jaki tu znalazł, był doprawdy urokliwy, choć możliwy do przewidzenia. Bądź co bądź był środek tygodnia, a nad głowami nielicznych spacerowiczów zaczynał już osuwać się zmierzch i park pustoszał. W ukrytą między drzewami dolinkę ciemność wkradała się szybciej i znacznie intensywniej.

Dwie półkoliste, zwrócone ku sobie wnęki dawały wrażenie intymności, która zdecydowanie nie pasowała do dawnego zakonnego ogrodu. Rodziła raczej domysły co do frywolności dawnych mnichów. Takie groty budowano przecież po to, by kochankowie mogli w dyskrecji wyznawać sobie miłość. Oto bowiem wystarczyło w jednej z wnęk wypowiedzieć słowo, by w drugiej powróciło ono zmysłowym echem.

„Tak, nie mogła wybrać bardziej stosownego miejsca na spotkanie" — pomyślał Karl z rozmarzeniem.

Schylając nieco głowę, wszedł do groty i przełamując skrępowanie, wydusił:

— Halo.

Za plecami usłyszał szmer, który zamienił się w przytłumione: „halo". Było ono zarazem swoje i nieswoje, znane i nieznane. Zupełnie jakby kiedyś słyszał już coś podobnego. Kiedy? Na początku... nie, na drugim roku studiów w Heidelbergu, gdy leżał z dziewczyną w wynajętym pokoju. Była to pierwsza kobieta, którą kochał naprawdę, i właśnie przy niej zauważył, że wypowiedziane słowa potrafią wracać. Pamiętał, jak w półmroku zapytał: „Jesteś?". A ona odpowiedziała łagodnie: „Jestem".

Przykryta wełnianym kocem, trwała w bezruchu, jakby długie kochanie się odebrało jej wszystkie siły.

— Jak się czujesz? — zapytał Karl.

— Jak się czuję? Chyba dobrze...

— Na pewno?

Nie odpowiedziała. Przesunęła palcami po szerokiej męskiej piersi, zagłębiając je w kępki rudawych włosów.

W milczeniu leżeli długo, dopóki Moser nie przełamał własnej nieśmiałości.

— Chciałabyś jeszcze raz?

— Jeszcze nie teraz... — wyszeptała i jak gdyby nigdy nic obróciła się do niego plecami.

Tamta dziewczyna znikła z jego życia, zanim jeszcze odebrał dyplom lekarski. Posłuchał rodziców, nie wyobrażających sobie, żeby prosta dziewczyna, bez nazwiska, weszła do szanowanej berlińskiej rodziny, której do cesarskiego dworu było całkiem blisko. Zostało po niej tylko wspomnienie namiętnych nocy i powracające od czasu do czasu słowa: „Karl, będziemy razem, prawda? Karl, obiecałeś...".

Ostatni raz przywołał ją pamięcią dwa dni temu, na morzu. Stał wówczas na górnym pokładzie bocznokołowca „Paul Beneke", przerywając lekturę książki podziwianiem urokliwych widoczków. Statek szedł równo, z ledwie wyczuwalnym kołysaniem, a jego tor znaczyły buchające z komina kłęby dymu i wzburzona woda za rufą.

Z pokładu statku zatoka wydawała się mała, zamknięta, podobna do weneckiego Lido. Po północnej stronie karlały zabudowania Helu i Jastarni, od południowej zaś ostro wcinał się w morze piaszczysty język orłowskiego klifu.

Wycieczka na Półwysep Helski udała się i, jak rzadko kiedy, Moser był naprawdę zadowolony. Dzień spędzony na mierzei odprężył go znacznie bardziej niż zwiedzanie Gdańska czy wypad do Malborka. Nabrał pogodniejszych myśli, zapominając o czekających na podpisanie umowach i spotkaniach z kontrahentami, chociaż i one powinny były sprawiać mu satysfakcję. Za postawienie swojego nazwiska na papierze firmy Lohm und Sohn mógł się spodziewać kilku tysięcy guldenów, dzięki którym pozwoli sobie na niejedną przyjemność. Taką na przykład jak dalekie podróże. Planów na nie nigdy mu nie brakowało. Kair, Tanger, Wenecja, a jeśli się uda, to może nawet lot sterowcem przez Atlantyk.

Zatopiony we własnych marzeniach, ledwie usłyszał zmysłowy głos kobiety:

— Mann... Nie wygląda pan na kogoś, kto czytuje Manna.

Natychmiast przerwał lekturę, a jego wzrok powędrował ponad gęsto zadrukowane stronice. Tuż przed nim stała piwnooka brunetka. Uśmiechała się szeroko, błyszcząc perliście zębami, a jasna, lekka sukienka podkreślała zgrabność jej bioder.

Moser odruchowo zerknął na okładkę książki, którą trzymał w ręku. Misterne, gotyckie litery układały się w mało optymistyczny tytuł: *Śmierć w Wenecji*.

— Dlaczego pani uważa, że nie czytuję takich rzeczy? — obruszył się Karl.

— Bo wygląda pan na fabrykanta, a fabrykanci nie czytają Manna — prowokowała go brunetka. — Ot, i wszystko.

Karl uśmiechnął się, jakby właśnie usłyszał przednią dykteryjkę. Zamknął książkę i przez ułamek sekundy zastanawiał się, czy powinien się przedstawić. Wreszcie uniósł nieznacznie kapelusz.

— Pozwoli pani, moje nazwisko: Karl Moser.

Nieznajoma z powabną lekkością wyciągnęła rękę.

— Anna von Borckmann — powiedziała. — Jak widzę, miałam rację! Fabrykant! Sam?

Mosera zatkało. Nie spodziewał się takiego tupetu.

— Sam — przyznał po dłuższej pauzie i nie mogąc się oprzeć ciekawości, zapytał: — A skąd w ogóle ta myśl, że jestem fabrykantem?

Kobieta figlarnie opuściła powieki.

— Obserwowałam pana od dłuższego czasu i szybko zorientowałam się, z kim mam do czynienia — wyjaśniła bez cienia zażenowania. — Dobrze skrojony garnitur, złoty zegarek, w portfelu marki, guldeny, polskie złote, odrobina ostentacji w płaceniu za bilet… To wszyst-

ko mówi samo za siebie. Ale proszę się nie bać. Podglą-
dam ludzi wyłącznie dla zabicia czasu. To naprawdę ciekawe zajęcie.

— Raczej osobliwe — mruknął Moser, czując jak
z niepokoju ściska go w żołądku. Oto właśnie stał przed
kobietą, która twierdziła, że wie o nim niejedno. Chociażby to, że ma pieniądze i należy do klasy, która nie musi
o nie zabiegać. Było to niby oczywiste, ale za sprawą
przygodnej współtowarzyszki podróży Karl dostrzegł
w swoim życiu znamię niepozwalające być tym, kim się
chce naprawdę. A do tego jeszcze jej twarz, przypomina-
jąca oblicze dziewczyny z czasów Heidelbergu. Duże piw-
ne oczy, włosy Grety Garbo, usta zamknięte ostrymi ką-
cikami, które nadawały twarzy wyraz jakiejś podstarzałej
trzpiotowatości. Do tego jeszcze ta zuchwałość...

Czy tamta dziewczyna, z Heidelbergu, też miała
w sobie tyle śmiałości? — tego Moser nie potrafił już sobie przypomnieć. Zapewne była równie dociekliwa i jak
von Borckmann potrafiła opleść mężczyznę wiązanką
pytań: Skąd pochodzi? Gdzie się zatrzymał? Jak długo
będzie nad morzem?

Nie chciał odpowiadać, lecz ciepły kobiecy głos topił
obawy. Przyznał więc, że pod Berlinem prowadzi spory
zakład — spadek po ojcu. Fabrykę zgodnie z testamen-
tem miał przejąć starszy brat, jednak zginął tragicznie
i dlatego Karl musiał zaopiekować się rodzinnym inte-
resem. Zajęcie może i dobrze płatne, ale zarazem nie-
wdzięczne. To dla sprostania obowiązkom musiał po-
rzucić praktykę lekarską.

Opowiadając to wszystko, Moser poczuł się lekko, jak po spowiedzi. Uniesiony tym dodał, że jest kawalerem, choć bynajmniej jeszcze nie wiekowym. Ma dopiero czterdzieści dwa lata. W Sopocie będzie raptem kilka dni, dopóki nie podpisze umowy, którą negocjował od wielu miesięcy. Potem wraca do Rzeszy.

Statek zmienił nieznacznie kurs i zza klifu w Orłowie wyłoniła się masywna sylwetka Kasino-Hotel. Nieco dalej widać było długą, cienką kreskę drewnianego molo. „Paul Beneke" wycelował dziobem w odległy jeszcze pomost i nieco przyspieszył.

— Zejdziemy do restauracji? — Anna odstąpiła znacząco od barierki.

Pod pokładem było pusto, nie licząc kilku starych matron, które schroniły się tu przed słońcem, z wyborem wolnego miejsca nie było więc kłopotu. Usiedli przy oknie i zamówili wodę dla ochłody. W przytulnym wnętrzu Anna bez zbędnych ceregieli zaproponowała, by przeszli na ty.

— Karl, widziałeś kiedyś Paryż? — zagadnęła jakby od niechcenia. — Niedawno stamtąd wróciłam. Niestety, nie jest to to samo miasto, co zaraz po wojnie. Wtedy Paryż tętnił życiem. Było biednie, ale nieustannie coś się działo. Widziałeś je? — powtórzyła pytanie.

— Dlaczego pytasz?

— Bo przy całej fabrykanckiej powierzchowności sprawiasz wrażenie kogoś z duszą artysty, a miejsce artystów jest na Montmartre...

Moser sięgnął po papierośnicę i zachęcająco otworzył ją przed Anną, jakby chciał zyskać na czasie i przygotować się do odpowiedzi. Kobieta, która w tej chwili była przy nim, zasługiwała na coś więcej niż zdawkowe „tak" lub „nie". Postanowił więc, że opowie jej dokładnie, jak to było z tym Paryżem, którego... w życiu jeszcze nie widział. Nad Sekwaną bowiem był tylko jego ojciec. W styczniu osiemset siedemdziesiątego pierwszego stał w Wersalu pośród innych oficerów, gdy króla Wilhelma I obwoływano cesarzem. Zapewne również i Karl stanąłby pod katedrą Notre Dame, tyle że marsz oddziału, w którym służył, Francuzi zatrzymali nad Marną. Na cztery długie lata Paryż pozostał dla niego nieziszczonym marzeniem, teraz zupełnie już zwietrzałym i wręcz nieprzyjemnym.

Anna westchnęła głęboko. Widać, nie takiej odpowiedzi się spodziewała. Miała nadzieję, że nareszcie porozmawia o najmodniejszych paryskich nazwiskach: Picasso, Dali, Max Ernst... Znała ich wszystkich, niektórym nawet pozowała. Próbowała też malować, ale doszła do wniosku, że bardziej niż artystką woli być natchnieniem dla innych. Do Francji chce jednak wkrótce wrócić.

— Nie porównuję Gdańska czy Sopotu z Paryżem — dodała znacząco. — To prowincjonalne dziury. Gdybym nie musiała uregulować spraw majątkowych, nie przyjeżdżałbym tu wcale. Ale takie właśnie bywają komplikacje po rozwodzie.

Z pozorną niedbałością wplotła palce w sznur brązowych korali. Jednocześnie w jej oczach zamigotały iskierki. Dla Mosera wyglądały one jak zapowiedź ekscytującej przygody, tym bardziej realnej, że Anna odważyła się przykryć swoją dłonią jego dłoń.

— Gdybyś był artystą, a nie wyzyskującym ludzi bogaczem czy nawet lekarzem, to co byś chciał robić?

Brwi na twarzy Karla zbiegły się, pokazując, że intensywnie się zastanawia.

— Byłbyś dobrym muzykiem, jak ten Aschenbach w *Śmierci w Wenecji* — odpowiedziała, zanim zdążył się odezwać. — Słusznie, bo to najbardziej ulotna ze sztuk. Poza tym masz palce muzyka. Żal, że się marnują.

Niemal w tej samej chwili spojrzeli przez okno. „Paul Beneke" ustawił się burtą do molo i przygotowywał się do cumowania.

— No, cóż... To chyba koniec podróży — stwierdziła smutno. — Mówiłeś, że mieszkasz w Kasino-Hotel.

Moser spojrzał kątem oka na jej odbicie w szybie. Wyglądała gorzej, niż gdy stali na pokładzie. Była blada.

Po szkle spływały drobne kropelki wody.

— Miło się z tobą rozmawiało — powiedziała, z trudem przebijając się przez ryk okrętowej syreny. — Chętnie bym jeszcze z tobą pogawędziła, chodząc na przykład po parku pałacowym w Oliwie, ale to przecież tylko, takie tam, nierealne plany.

Karl nie wytrzymał.

— Dlaczego nierealne? — palnął, aż matrony obróciły się w ich stronę. — Wiesz, że jeszcze nie wyjeżdżam. Powiedz tylko, kiedy, a przyjdę na pewno!

— Może być pojutrze? Tak o dziewiętnastej? — zaproponowała.

Moser rozpromieniał.

Dwa dni oczekiwania na spotkanie wydawało się wiekami, podczas których nie było miejsca na nic poza pragnieniem i niecierpliwością. Ale nawet taki czas musi się kiedyś skończyć i oto teraz Karl stał przy kamiennej grocie, czekając na przyjście Anny. Zastanawiał się, jak dzisiaj będzie wyglądać? Czy znowu zjawi się w zwiewnej sukience, a jeśli tak, to czy będzie ona gładka, czy przeciwnie — wzorzysta? Założy kapelusz? Skórzane buciki, których dobry gatunek zwrócił jego uwagę już na statku?

„Boże, jakie to w ogóle ma znaczenie?" — skarcił się w duchu. Przecież tak naprawdę liczyło się tylko, że Anna się pojawi i razem pójdą do kawiarni. Widział tu jedną niedaleko. Usiądą przy stoliku, coś zamówią, a wtedy on odważy się jej powiedzieć, że...

Oparł się ręką o wilgotną ścianę groty. W innych okolicznościach wziąłby tę lepkość za coś odrażającego, ale teraz kojarzyła mu się ona z czymś niebywale zmysłowym. Z wyprężonym kobiecym ciałem, po którym można błądzić w nieskończoność, szepcząc do ucha czułości albo świństewka. To zupełnie coś innego niż odzywanie się do muru z głupawym „halo". Tak jak zrobił to znowu.

Halo... alo... o...

Zamiast bliźniaczej odpowiedzi, Karl usłyszał coś podobnego do uderzeń łopat bocznokołowca o wodę.

Szum raz robił się głośniejszy, raz przycichał, zniekształcał napływające gdzieś z boku głosy. Nie rozróżniał ich, choć bardzo się starał.

Przed oczami zaczęły się pojawiać oderwane od rzeczywistości obrazy: przypałacowy park, dziewczyna z Heidelbergu, lekcja anatomii, pacjenci, jakaś operacja. Lohm i jego syn parafujący intratną umowę. Tysiące guldenów, za które kiedyś zobaczy Kair, Wenecję i Tanger i dzięki którym poczuje, że dotarł do krainy, w której panuje niezmącony spokój. Oddycha się tam lekko, a przyjemne ciepło rozgrzewa. Płynie ono z nadgarstka, które obejmuje obca dłoń. I to chyba męska, bo uścisk nie ma kobiecej subtelności.

— Puls w porządku. Będzie żył — dobiegł go strzępek rozmowy.

Nie kojarzył jej ze swoją osobą, dopóki czyjś palec nie poniósł mu powieki. Światło poraziło boleśnie źrenicę.

— Nie dzisiaj — powrócił głos. — Musi się pan uzbroić w cierpliwość. Trzeba poczekać dzień, może dwa...

Znowu zapadła ciemność, a szum zamienił się w nic niesłyszenie. Błogość była wszechogarniająca.

Moser nie wiedział, ile to trwało. Kiedy jednak ponownie otworzył oczy, zobaczył postać w białym kitlu, obserwującą go uważnie zza staromodnych pince-nez.

— No, jest pan z nami — mężczyzna pochylił się nad Moserem. — Jestem doktor Lange, a to Oskar Wuttke z policji kryminalnej.

Karl powoli przechylił głowę. Obok doktora stał młody, ogniście rudy człowiek w prochowcu. W ręku trzymał tekturowy skoroszyt. Miętosił go nerwowo.

— Pan Karl Moser, prawda? — rudzielec zaczął ostrożnie — Długo czekaliśmy, aż odzyska pan przytomność. Znaleźliśmy w parku pański paszport. Nie wiem, czy pan pamięta... Park w Oliwie, grota szeptów. Dostał pan kilka ciosów tępym metalowym narzędziem. Napastnik musiał być drągalem. Zaiste to cud, że skończyło się na sześciu szwach...

Moser uniósł dłoń ku głowie, ale jej nie dosięgnął. Ręka przywarła do łóżka pod ciężarem gipsu.

— ...na sześciu szwach i złamanej ręce — kontynuował Wuttke. — Niestety, nie znamy jeszcze sprawcy, ale to kwestia czasu. Najważniejsze, że pana uratowano. Tamtych dwóch, których znaleźliśmy w listopadzie i w marcu nie miało tyle szczęścia. Stracił pan portfel i trochę rzeczy z hotelowego pokoju, ale żyje pan. To najważniejsze.

Fala gorąca przeszyła ciało Mosera. Palce kurczowo chwyciły prześcieradło i podwinęły je.

— Mamy pewne przypuszczenia, ale tylko pan może potwierdzić nasz trop. — Wuttke sięgnął do teczki i wyjął obramowaną ząbkami fotografię. — Poznaje pan tę kobietę? — zapytał.

Karl zmrużył oczy. Zobaczył tylko rozmazany kształt, który powoli zaczął się wyostrzać, ukazując kobiecą twarz. Przypominała zarazem Annę i dziewczynę z Heidelbergu. Którą bardziej, nie był pewien.

— Tak... to może być... — wydusił.

— Kto, panie Moser?

— Von Borckmann... Anna...

— Jest pan pewny? Tak się przedstawiła?

Milczenie Mosera wydłużało się.

— Tak, to ona... Miała tam być.

— Von... Dobre sobie! — Wuttke wyszczerzył zęby.

— Jaka z niej „von". Zwykła naciągaczka, wabik w szajce. Szukamy jej od roku. Fakt, że inteligentna. Pewnie dużo opowiadała o sztuce. A może tym razem zmieniła temat? Ciekaw jestem....

— Mówiła... — Moser cedził z wysiłkiem — Mówiła chyba, że... kocha.

Otto Schwan
opuszcza Danzig

———— ❧ ————

Twarz Ottona Schwana znali w mieście wszyscy. Nawet jeśli w tym stwierdzeniu jest odrobina przesady, to z pewnością twarz ta nie była obca klientom salonu przy Hauptstrasse w Langfuhr — szacownym damom i ich mężom, ciągnącym tutaj w poszukiwaniu modnych nowinek.

— Jak kupować, to tylko u Schwana — szeptali między sobą i nie bacząc, ile co kosztuje, sięgali po portfele.

Otto potrafił to docenić. Kłaniał się, uśmiechał, dokładał do zakupów jakiś drobiazg od firmy.

Skrzyły się czarne oczy.

Gulden rodził guldeny.

Nadszedł jednak dzień, w którym jego spojrzenie straciło swój blask. Stało się szare i smutne, jakby gasnące, bez nadziei na przyszłość.

Tego właśnie poranka twarz Ottona Schwana skryła się na dłużej pod maską zaschniętych mydlin, bieląc się obcością w obrotowym lusterku. Schwan chciał jak najszybciej zedrzeć tę powłokę, ale dłoń uzbrojona w brzytwę nie podrywała się w górę.

— Nie mam już siły — westchnął z rezygnacją i zaraz się zawstydził. Przecież on, weteran Wielkiej Wojny, cudem ocalony pod Tannenbergiem, nie miał żadnych słabości. Ich brak był jego siłą, która sprawiała, że udawało mu się wszystko.

Przełamując niemoc, uniósł wreszcie rękę. Brzytwa, sentymentalna pamiątka po zmarłym dawno temu ojcu, dotknęła policzka i zaczęła kursować miarowo. Każdemu jej ruchowi towarzyszyło ledwie słyszalne skrobnięcie, oznaczające skoszenie kolejnych połaci zarostu. Znikał on od ucha do brody, od grdyki do skraju podbródka.

„Tak dokładnie nie goliłem się chyba od własnego ślubu" — zreflektował się.

Zdjął z haczyka płócienny ręcznik i wytarł się nim. Resztki mydła wsiąkły w materiał, a w lusterku znów pojawiła się twarz nobliwego kupca, właściciela domu mody przy Hauptstrasse w Langfuhr.

Znajomy widok bynajmniej nie przyniósł Ottonowi spokoju. Przypominał za to dzieciństwo, w którym cierpiał istne męki na samą myśl o kształcie swojego nosa, ku czemu zresztą miał istotne powody. Na podwórku dokuczali mu koledzy, ich rodzice wytykali go palcami. Z wiekiem przestał się tym przejmować. Po prostu nie zwracał uwagi na nieprzychylnych mu ludzi.

„Jakiego mnie, Panie Boże, stworzyłeś, takiego mnie masz" — myślał naiwnie przez całe lata, aż wreszcie zorientował się, że wbrew pozorom kształt nosa ma ogromne znaczenie. Zależnie od okoliczności może pomóc lub zaszkodzić, wzbogacić albo zrujnować. I to niezależnie od tego, że reszta jego twarzy jest całkiem zwyczajna — nordycko surowa i prawdziwie niemiecka. Najważniejsze to mieć piękny nos i nosić dobre nazwisko. W żadnym wypadku żydowskie...

Założył białą koszulę i z gracją wybitnego znawcy mody zaczął dobierać krawat. Do niedawna przecież był prawdziwą wyrocznią w sprawach ubioru. Przychodzili do niego po radę Julius Jewelowski i Max Baumann, rabin Kälter, a także, dopóki nie wyjechał z miasta na stałe, Berthold Hellingrath. Podpowiadał im, jaki mają wybrać krój garnituru, jakie nakrycie głowy, krawat, spinki do mankietów. Z doradzaniem nigdy nie miał problemu, ale w ostatnich czasach uprościło się ono radykalnie. Z całego majątku zostały mu ledwie trzy krawaty i to wyłącznie do osobistego użytku.

Ubywanie towaru zaczęło się parę lat temu, za prezydenta Rauschninga. Spadek obrotów w salonie początkowo był niemal niezauważalny i Schwan przypisywał go normalnym zmianom na rynku. Wszelkie złudzenia uleciały jednak, gdy do sklepu przestali przychodzić stali klienci. W styczniu trzydziestego ósmego, po tym jak w porze najlepszej, bożonarodzeniowej sprzedaży nie pozwolono mu handlować, zaczął zwalniać ekspedientów. Pierwszy odszedł bawidamek Wissotzki, po nim

Lehrke i Stenzel, Frau Greta z działu damskiego i poczciwy Jacob, który do końca go pocieszał, że kłopoty to sprawa przejściowa i że wszystko jeszcze się odmieni.

Ostatecznie sprzedał sklep z całą kamienicą. Transakcja okazała się nadzwyczaj korzystna, bo stracił na niej ledwie czwartą część rynkowej wartości domu. Wielu Żydów nie miało takiego szczęścia. Wyjeżdżali z Wolnego Miasta w pośpiechu, zostawiając na miejscu dorobek całego życia.

Pieniędzy ze sprzedaży było dokładnie tyle, że wystarczyło na rejs i skromne życie w Ameryce dla żony i obu córek. Zanim rodzina wsiadła na statek, jeszcze przez kilka tygodni mieszkała u krewnych w Gdyni. Otto oczywiście obiecał, że dołączy do niej najszybciej, jak to będzie możliwe. Upora się tylko ze sprawami majątkowymi, załatwi opiekę nad Totem i przypłynie pierwszym liniowcem, na który dostanie bilet.

Toto — na myśl o nim Schwana ścisnęło w dołku. Łatwiej mu było pogodzić się ze stratą majątku niż skundlonego psa, który w najtrudniejszych chwilach dawał tyle radości.

Tak naprawdę to na początku Otto nie darzył go sympatią. Zwierzak przybłąkał się w dniu, w którym wrócił z Warszawy, gdzie podpisał kontrakt z braćmi Jabłkowskimi. Miał on pomóc rozkręcić na nowo podupadły interes. Tamtego wieczora Ottonowi wydawało się, że nic nie jest w stanie zepsuć jego dobrego nastroju, ale się mylił. Kiedy po podróży wszedł do domu i zobaczył nadgryzione sztylpy i obsikany parkiet z egzotycznego drewna, wpadł w furię. Chciał natychmiast pozbyć się przybłędy. Młodsza córka, Nelly, błagała go jednak tak długo, aż Schwan ustąpił i pies został w rodzinie.

Otto śmiał się w duchu ze stworzenia, które z ledwością przypominało jakiegokolwiek czworonoga. Wyglądało raczej jak futrzana kłoda i nie sposób było powiedzieć, gdzie jest jej przód, a gdzie tył. Ten osobliwy wygląd sprawiał, że często pytano się o jego rasę. Schwan odpowiadał wtedy tajemniczo, że to wielorasowiec, czym zdawał się wzbudzać autentyczny podziw. Plotkowano nawet, że kupił takie dziwactwo, aby tylko zwrócić na siebie uwagę.

Die Straße frei den braunen Batallionen
Die Straße frei dem Sturmabteilungsmann
Es schau'n auf's Hakenkreutz voll Hoffnung schon
Millionen
Der Tag für Freiheit und für Brot bricht an...

Za oknem zagrzmiał ciężki, marszowy śpiew. Otto założył okulary w drucianych oprawkach i dyskretnie wyjrzał zza firanki. Życie na ulicy toczyło się stałym rytmem — przechodnie kręcili się po Kohlenmarkt, tramwaje znikały z brzęczeniem w bramie na Langgasse, zaś sprzedawcy gazet zachęcali do kupna dzienników. Z wysokości pierwszego piętra doskonale było też widać brunatnego węża splecionego z czako SA-mannów, który pełzł zygzakiem w stronę Wielkiej Synagogi przy An der Reitbahn. Wiadomo już było, że jej los jest przesądzony.

Na początku roku gmina żydowska sprzedała świątynię Senatowi i wstępu do niej bronił teraz wysoki parkan. Wymalowane na nim hasło „Przyjdź kochany maju i uwolnij nas od Żydów" zapowiadało rychły początek prac rozbiórkowych.

Schwan założył kamizelkę i marynarkę w odcieniu szarości. Pusty wieszak wylądował na stole. Dziwnie mu było patrzeć na łukowaty kawałek drewna, który nagle okazał się jedyną pamiątką po jego słynnej firmie. Leżał na koronkowym obrusie podobny do nagiego nerwu, a namalowany czarny łabędź — znak markowy salonu — kulił się ze wstydu, że nie przyniósł szczęścia właścicielowi.

Jeszcze kilka dni temu kupiec żałował, że na godło firmy nie wybrał normalnego, białego ptaka, który nie wyróżniałby się tak bardzo. Byłby jak dziesiątki, setki innych. Dziś nie miało to jednak żadnego znaczenia.

Schwan zdjął z toaletki buteleczkę oryginalnej Echt Kölnisch Wasser i skropił twarz. Intensywny, alkoholowy zapach orzeźwił go. Rękawem przetarł kapelusz, narzucił lekki płaszczyk. Nie było z czym zwlekać. Nadeszła pora...

Wyszedł do przedpokoju, w którym czekała na niego w komplecie rodzina Thielów. Starzy przyjaciele. Gdyby nie oni, nie miałby gdzie się podziać i jak dobrze przygotować do wyjazdu. Horst, głowa rodziny, zbliżył się jako pierwszy. Objął Schwana, uścisnął bez słów. Potem pożegnała się jego żona, Sophie, i córka Anne-Marie. Nie było tylko Tota. Zamknięty w garderobie, wył przeraźliwie, ale Otto udał, że tego nie słyszy. Stojąc z sakwojażem na schodach kamienicy, poprosił tylko, by go nie odprowadzać, i obiecał, że niebawem napisze.

Owo niebawem przeciągnęło się do sierpnia. Listonosz wręczył Anne-Marie przesyłkę na podwórku, gdy z narzeczonym Kurtem wybiegała z domu. Spieszyli się na tramwaj do Neufahrwasser, bo Kurt chciał koniecznie zobaczyć przypływający tego dnia okręt liniowy „Schleswig-Holstein". Nie przejmował się zbytnio, że dziewczyny to nie interesuje.

List, który dostała rodzina, wyraźnie poprawił jej humor. Wysłano go z New Jersey i były w nim same dobre wiadomości. Schwanowie pisali, że wprawdzie żyją skromnie, ale uczą się angielskiego i chcą rozkręcić interes w branży galanteryjnej. Martwią się tylko o Tota, bo biedak pewnie za nimi tęskni. Mają jednak nadzieję, że w Wolnym Mieście znowu będzie normalnie, a wtedy, rzecz jasna, przyjadą natychmiast.

Anne-Marie chciała odpisać, że piesek żyje i wszystko z nim w porządku, ale nie zrobiła tego. Nigdy nie kłamała i postanowiła nie kłamać również teraz. Nie wyobrażała sobie też, że napisze całą prawdę. Poinformuje najwyżej, że Toto zdechł, przemilczając dlaczego. W końcu Schwanowie wcale nie muszą wiedzieć, że któregoś dnia chłopcy z Hitlerjugend złapali ich psa i wyłupili mu oczy kordzikami. Wycięli też język i wypatroszonego powiesili na latarni. Był tak zmasakrowany, że gdyby nie tekturowa tabliczka, nikt by się nie domyślił, że „Toto to pies żydowski".

Droga do Kahlbude

Pod płozą zgrzytnęło — krótko, ostro, mrowiąc nieprzyjemnie plecy. Edwin przestraszył się i odruchowo spuścił nogi na ziemię. Sanki szarpnęły raz i drugi, stając w poprzek trasy, a jemu nie pozostało nic innego, jak zezłościć się na niepotrzebne hamowanie. Do końca stoku pozostał wprawdzie jeszcze spory kawałek, jednak nie na tyle długi, by rozpędzić się i dostatecznie dobrze odbić od muldy na dole.

Przez chwilę zastanawiał się, co teraz ma zrobić. Nadal miał ochotę zjeżdżać, ale zaczynało już zmierzchać i czuł, że spływa na niego zmęczenie. To dzisiejsze i to z wczorajszego popołudnia, które spędził na przygotowywaniu toru. Wytyczał trasę, odgarniał śnieg, profilował skocznię. Musiała gwarantować emocje, więc zrobił ją całkiem sporą. Kiedy z niej wylatywał, serce podchodziło do gardła. Przy lądowaniu, żeby go nie zgubić, mocno zaciskał zęby.

„Na dzisiaj wystarczy" — postanowił wreszcie. Zobaczy tylko, na co najechał, i wróci do domu.

Zasapany cofnął się w stronę szczytu. Ze śniegu, w miejscu, gdzie przed chwilą zgrzytnęło, wystawało szkło — szyjka butelki ze zwisającym na drucie porcelanowym kapslem. Podobne flaszki Edwin widywał często. Sprzedawano w nich piwo, w którym lubował się jego ojciec. Przez owo zamiłowanie do alkoholu włosy matki już dawno temu zasrebrzyły się kosmykami przedwczesnej siwizny.

— Myślisz, że jak się napijesz, to świat będzie bardziej kolorowy? — utyskiwała na ojca, gdy ten podchmielony przekraczał próg domu.

Chłopiec nie bardzo potrafił zrozumieć zależność między piwem a kolorami. Jemu kojarzyło się ono zupełnie inaczej — z zapachem potu i sfermentowanego słodu, z obrzydliwością. Swego czasu postanowił osobiście sprawdzić, jak smakuje piwo, i opróżnił ukradkiem całą butelkę. Zemdliło go natychmiast. Natrętne łaskotanie w gardle kazało szybko wybiec na podwórko. Zwymiotował za węgłem.

Matka bez trudu odgadła powód nagłej niemocy chłopca, jednak ojcu niczego nie zdradziła.

— Przyrzeknij, synku, że więcej nie będziesz tego robił — zażądała i Edwin obiecał bez szemrania.

Nawet bez nalegań matki nie miał zamiaru powtarzać eksperymentu. Po tamtej przygodzie przeleżał w łóżku cały boży dzień. Bolała go głowa, paliły oczy, wirował pobielany sufit. Był pewien, że nieprędko pomyśli o podobnym głupstwie.

Pęknięte szkło... Podniósł je i przybliżył do oka, nakierowując wprost na gasnącą plamkę słońca. To wystarczyło, by styczniowa szarość rozpłynęła się, ustępując miejsca zieloności wiosny. Zielony był śnieg, bezlistne drzewa na wzgórzach za jeziorem, droga do Kahlbude, idący nią ludzie. Ile czasu potrzeba, by świat stał się taki naprawdę? Trzy, może cztery miesiące — rachował.

Opuścił rękę i od razu powróciła szarość.

Ostatni raz zjechał z górki, nie celując już w skocznię. Zatoczył na dole efektowną pętlę i nawinąwszy na nadgarstek sznurek od sanek, ruszył poboczem drogi.

Z naprzeciwka podążali ludzie, których dopiero co obserwował przez szkiełko. Wtedy, z daleka, byli jedynie ciemnymi punkcikami, które przelewały się przez przejazd kolejowy i dochodziły do żółtawego budynku szkoły. Edwin pomyślał, że są to ci, o których niedawno opowiadał sąsiad, masarz Reinke.

Odwiedził ich dom parę dni temu. Przywitał się z matką, zamienił kilka słów na temat ojca.

— Tak, tak. Wiem, walczy na Węgrzech... — mówił, trzymając ją za rękę.

Patrzył w jej oczy śmiało, pytał, czy mąż dawał znak życia.

— Nie. Dawno nie pisał — odparła.

Kiedy Reinke zobaczył kręcącego się po izbie chłopca, kazał mu, by schował się w pokoju i zamknął za sobą drzwi. Przytłumiły one głosy na tyle, że można z nich było wyłowić jedynie pojedyncze słowa:

— Uważaj, Elis... ze Stutthof... Sami kryminaliści.

O nieoczekiwaną wizytę sąsiada mały zagadnął przy kolacji. Chciał się czegoś dowiedzieć o nadchodzących zbrodniarzach, ale matka odpowiadała wyjątkowo pokrętnie. W końcu skarciła syna za niepotrzebną wścibskość.

— Lepiej, żebyś nie chodził w stronę Lappin — stwierdziła wreszcie.

Edwin nie odezwał się. Pod Lappin było przecież jego ulubione miejsce do zjeżdżania. Długi, łagodny stok bez krzaków. Będzie tam chodził choćby nie wiadomo co. Na swoją górkę wymknął się wczoraj, powrócił tam dzisiaj — do tej pory nie stało się nic złego. No, chyba że ci straszni ludzie...

Otuleni w łachmany albo w obskurnych pasiakach, z trudem posuwali się zaśnieżoną drogą. Zresztą niewielu miało buty — większość klekotała drewniakami. Tych, którzy nie nadążali, popędzano krzykiem, szturchaniem, szczuto prowadzonymi na smyczy psami.

Dostało się też Edwinowi.

— Zmykaj! — krzyknął na niego jeden z wachmanów.

Chłopak nie zareagował. Szeroko otwartymi oczami przypatrywał się mijającym go ludziom. Przechodzili w równym rytmie chodaków: klap, klap, klap... W swej masie wszyscy wydawali się podobni — korowód wychudzonych, kościstych postaci, o zmęczonych, wręcz wyczerpanych twarzach.

Skąd się wzięło tylu żebraków i do tego prowadzonych pod eskortą? — chciał kogoś zapytać, ale nagle jakaś siła poderwała go do góry. Leciał nie za długo i nie za daleko. Krócej niż na sankach. Jednak lądowanie było bardziej bolesne. Zarył w zlodowaciałość przydrożnego rowu. Na usta wystąpiła mu słodko-słona krew.

— Jazda, powiedziałem! — ryknął strażnik.

Prężył się nad Edwinem, jakby cios, który wymierzył, sprawił mu satysfakcję. Oblepiony śniegiem dzieciak podniósł się i uciekł, zostawiając sanki na drodze.

Do domu dotarł w zupełnych ciemnościach. Chciał wślizgnąć się niezauważony, lecz w kuchni natrafił na matkę. Siedziała przy stole z głową wspartą na dłoni. Była zmartwiona.

— Tak cię prosiłam, żebyś nigdzie się nie włóczył — powiedziała na widok jego poranionych ust i policzków.

Zdjął płaszczyk. Kobieta ruszyła się, by postawić na platę garnek z wodą. Podgrzaną nalała do emaliowanej miski, potem sięgnęła po czystą ścierkę. Edwin nabrał wody w dłonie i przemył twarz. Piekła od mrozu i zadrapań. Nie wytrzymał. Syknął przez zęby, a spływające z policzków strużki zaróżowiły miskę.

— Myślisz, że jak nie ma ojca, to możesz robić, co chcesz? — matce zebrało się na pretensje. — Nie możesz z tymi sankami trochę poczekać? Przynajmniej, dopóki nie skończą przeprowadzać tych...

Urwała. Odwróciła spojrzenie i zabrała się za krojenie chleba. Cienką pajdę posmarowała bladym masłem.

— Powiedz, mamo, co to za ludzie? — mały zagadnął nieśmiało. Podniósł kubek z mlekiem i ugryzł kromkę. — Ci ze Stutthof...

— Nie wiem — głos był cichy, ledwie słyszalny.

Nie chciała niczego tłumaczyć. Wyszła do sąsiedniego pokoju, nim mały zdążył zauważyć jej łzy. Kolację dokończył w samotności.

Noc, która nadeszła, była tak samo mroźna jak kilka poprzednich. Na szybach pojawiły się lodowe liszaje, które w świetle lampy układały się w fantastyczne kształty — w liście osiki, może lipy, w pociągłe smugi, przeplatane ściegiem grubszych i cieńszych żyłek. Naftowy blask ożywiał je, a one tańczyły beztrosko, nie robiąc sobie nic z wojny, panoszącej się biedy, z ludzi — zwłaszcza takich jak ci, którzy dzisiaj przeszli przez Kahlbude.

Edwin przyłożył palec do zmrożonej szyby. Zebrała się pod nim wielka, błyszcząca kropla, która rzeźbiąc zygzakowaty ślad, powędrowała ku parapetowi. Po drugiej stronie okna, w nieprzeniknionej ciemności, zalegał spokój.

Odzyskać sanki — ta jedna myśl męczyła chłopaka aż po świt. Matka nie zauważyła wprawdzie ich braku, jednak w Edwinie pozostał strach przed ojcem. Jeśli wróci z wojska i dowie się, że ich nie ma, spierze go na kwaśne jabłko. To pewne jak amen w pacierzu. Nic nie pomoże tłumaczenie, że zgubił sanki przez jakiegoś wachmana.

— Trzeba było nie łazić tam, gdzie ciebie nie chcą — powie wtedy ojciec i wyciągnie pytę. Nie będzie żadnego zmiłuj.

Dręczony przez własne wyobrażenia, Edwin ledwo wytrzymał do świtu. Gdy tylko zaczęło robić się jaśniej, wybiegł z domu, rzucając w otwarte drzwi: „Będę niedaleko!", a matka nie zdążyła zareagować.

Do Kahlbude popędził okrężną drogą — nie wydeptaną ścieżką, lecz przez sosnowy zagajnik. Chciał dopaść go jak najszybciej, skryć się za iglastą kurtyną, gdzie będzie niewidoczny. Nawet na moment nie zwolnił tempa, chociaż przy każdym kroku nogi rozjeżdżały się lub zapadały w zleżałych zaspach. Zatrzymał się dopiero w młodniaku. Zgięty wpół łapał głęboko oddech.

Dróżkę przez las lubił jak żadną inną. Wybierał ją dla drzew, śpiewu ptaków, dla zapachu wilgotnego runa. Przede wszystkim jednak dla wspomnień o ojcu. Przecież całkiem niedawno — rok, dwa lata temu — właśnie tutaj zaczynały się ich wspólne wyprawy na grzyby albo nad jezioro. Przed zimą ciągali po nierównościach zagajnika wózek z chrustem, wypełniając przy tym czas opowiadaniem niestworzonych historii. Czasem ich śmiech docierał echem aż do chałupy. Matka wiedziała wtedy, że się zbliżają i może już nakrywać do stołu.

Teraz nie było słychać nawet zetlałego echa tamtych rozmów. Cisza i śnieg zmieniły dosłownie wszystko. Znikła ścieżka, pniaki na porębie, wielkie kamienie, na które lubili się wdrapywać. Niezmienny był tylko szałas z zapadłym dachem. Czerniał na tle śniegu w oczekiwaniu na leśnych robotników.

Przesiadywali w nim jeszcze minionej jesieni. Sami znajomi ojca. Ogorzali, o zaciętym spojrzeniu i dłoniach jak u olbrzyma. Z tymi chłopami nie było żartów. Wszystko rozstrzygali za pomocą pięści.

Edwinowi wydawało się, że w powietrzu wciąż jeszcze unosi się zapach ogniska i konserw, którymi go częstowali.

— Ty chyba jesteś od Klausa? — zagadnął któryś z mężczyzn. — Co u niego słychać? — Podsunął chłopcu nabity na ostrze noża kawałek mięsa, grubiańskim żartem proponując też sznapsa.

— W wojsku — mały z wyszukaną elegancją zdjął dwoma palcami poczęstunek. — A was czemu nie wzięli?

— Nie te oczy, nie te lata — mężczyzna uśmiechnął się. — Człowiek w czołg by już nie trafił, a co dopiero w bolszewika.

Od tamtej pory Edwin tu nie zaglądał. Nie chciał żadnych pytań, bo nie chciał kłopotów. Kiedy się pytają, trzeba odpowiadać, nawet gdy nic się nie wie.

Dzisiaj zdecydował się przyjść na polanę, bo miał pewność, że nie spotka nikogo. Robotnicy odeszli wraz z pierwszymi śniegami.

Zbliżając się do szałasu, Edwin, ku własnemu zdziwieniu, zauważył jednak wydeptane ślady. Były świeże, nieprzyprószone świeżym śniegiem.

— Jest tam kto?! — zawołał w stronę szałasu i od razu poczuł się nieswojo. Głupio przecież było krzyczeć tak niepotrzebnie.

Ostrożnie zrobił krok, przystanął, ale właśnie wtedy, w środku, pod zapadłym dachem, coś się poruszyło. Chłopak się pochylił. Jego spojrzenie wyłowiło z półcienia inne, równie przestraszone. W szałasie leżał człowiek. Szarawy pasiak zdradzał, że to jeden z tych, których widział na drodze do wioski.

Tylko nie uciekaj! — nakazał sobie, choć i bez tego był jak sparaliżowany.

Skryta pod uschłymi gałęziami postać wsparła się na łokciu i przyłożyła palec do ust. Przez chwilę patrzyła w napięciu na dzieciaka. Z wnętrza wypłynęło krępujące pytanie:

— Masz może chleb...? Chleb...

Nie, Edwin nie miał przy sobie nic do jedzenia. Przecież na dwór wyszedł tylko na chwilę, poszukać sanek.

— Tylko kawałek chleba... — mężczyzna odezwał się ni to po niemiecku, ni po polsku.

Chłopcu wydało się, że jest to mowa ludzi, którzy niegdyś przyjeżdżali do Kahlbude z drugiej strony granicy, z Polski.

— Chociaż sznytkę... — nalegał.

W dłoni nieznajomego zamigotał słoneczny refleks.

— To wszystko co mam — wyciągnął rękę. — Ja muszę do swoich, do Hopowa.

Edwin przysunął się i dopiero teraz rozpoznał przedmiot — metalową tabakierkę.

„Wezmę dla ojca. Spodoba się mu na pewno" — pomyślał.

Już, już miał ją chwycić, ale w ostatniej chwili zrezygnował. Niech to będzie nagroda za pomoc. Zabierze pudełeczko, jak wróci.

— Przyniosę coś do jedzenia. Zaraz... — obiecał.

Do domu szedł spiesznie, ale nie próbując już biec. Wystarczająco zmęczył się o poranku.

Stojącą na werandzie matkę dostrzegł, zanim minął ogrodzenie podwórza. Wypatrywała go zza firanki.

— Znowu byłeś w Lappin — załamała ręce. — Przecież prosiłam...

Chciał zaprotestować, lecz żadne słowo nie przeszło mu przez gardło. Zresztą i tak by nie uwierzyła, że nie był ani w Lappin, ani w Kahlbude.

— Powtarzam ci jeszcze raz, synku! — jej głos był wyjątkowo ostry. — Lappin to nie jest teraz najlepsze miejsce dla ciebie!

— Yhm... — Edwin przytaknął i zabrał się za szukanie jedzenia.

Zszedł do piwnicy. Z wyścielanej sianem skrzynki wziął dwa jabłka i wsunął je do kieszeni płaszczyka. Dołożył kilka kartofli. „Tamten" upiecze je sobie, jak robił to zawsze ojciec albo leśni robotnicy. Brakowało jedynie chleba.

„Na pewno jest w kuchni, tylko co powiedzieć matce? — myślał gorączkowo. — Raczej nie będzie zadowolona, jak ją o niego poproszę. Może gdybym bardzo poprosił, jakoś wytłumaczył..."

Matka czekała na niego u góry. Stała w nieodłącznym fartuchu i chustce zawiązanej na czole. Przyglądała się mu badawczo. Kiedy zauważyła wypchane kieszenie, Edwin zrozumiał, że nie ma już odwrotu.

Podszedł do niej wolno, dotknął szorstkiej, spracowanej ponad miarę dłoni. Kciukiem pogładził jej wierzch.

Kobieta położyła drugą rękę na głowie syna i zagłębiwszy palce we włosach, masowała je przyjemnie. Ta odrobina czułości uświadomiła chłopakowi, jak dawno mu jej nie okazywała. Mimowolnie przytulił się do jej piersi. Zdawały się przygniecione wielkim ciężarem; nie było czuć, że oddychają.

— Dasz mi, mamo, kawałek chleba? — Edwin spojrzał matce w oczy.

— Chleba?

— Tak, ale tylko kawałek.

Kobieta ujęła w dłonie twarz syna.

— Chcesz go dla siebie czy dla kogoś?

Edwin został przyparty do muru. Nigdy nie zabierał jedzenia na dwór, dlaczegóż więc tym razem miałoby być inaczej? Zdecydował, że nie będzie kłamał bezsensownie. Powie prawdę.

— Dla kogoś... Naprawdę muszę... Przyrzekłem...

— Dla tych ze Stutthof, prawda? — matka nie dawała spokoju.

— Tak, mamo... — przyznał.

Puściła chłopca. Jej myśli uciekły w przeszłość, do pierwszego września sprzed sześciu lat. Żandarmi zabrali wtedy polskich kolejarzy ze stacji w Kahlbude. Później znikli również Polacy z Prangenau i innych miejscowości. Chodziły słuchy, że wszyscy trafili do Stutthof. Wbrew temu, co opowiadał Reinke, kobieta nie wierzyła, że byli przestępcami. Wielu z nich znała przecież z kościoła.

Na myśl, że wśród przechodzących przez wioskę są tamci ludzie, poczuła ukłucie w sercu. Wyjęła ze spiżarki bochenek, przekroiła go na pół. Jedną część zawiązała w lnianą serwetę.

— Weź! — rozkazała.

Chłopak chwycił tobołek, krzyknął „dziękuję" i rzucił się w stronę drzwi. Podniesionym: „Edwin! Edwin! Zaczekaj!" matka zdążyła zatrzymać go w progu. Obrócił się. Dała mu trzy duże cebule.

— Masz jeszcze to — powiedziała. — Tylko zaraz wracaj!

Trzasnął drzwiami i zeskoczył ze stopni werandy. Dygotanie szybek w przybudówce zlało się pogłosem, który wybrzmiewał od strony zagajnika. Przypominał pukniecie jak przy wyciąganiu z butelki zassanego korka. Nie było w nim nic szczególnego, jednak chłopak zaniepokoił się. Pobiegł, jakby nagle przybyło mu sił, jakby miał więcej niż tylko dziesięć lat. Na polanę wpadł zziajany, omal nie potrąciwszy stojącego przed szałasem wachmana.

— A ty czego tu? — strażnik zdjął z ramienia karabin.

— Ja... tylko... — Edwin szukał słów wytłumaczenia.

Nim zdążył coś wymyślić, usłyszał szorstkie: „Zjeżdżaj, szczeniaku!".

Zbierało się mu na płacz. Przecież specjalnie wracał do domu — po chleb, jabłka. Po kartofle, które na ognisku... jak ojciec, jak robotnicy...

— Zjeżdżaj, bo zastrzelę — mężczyzna zarepetował broń. Suche szczeknięcie mausera odbiło się od ściany lasu.

Tym razem małemu nie trzeba było powtarzać. Odszedł, zerkając od czasu do czasu przez ramię, czy strażnik jeszcze na niego patrzy. Kiedy nabrał pewności, że nie, skulił się pod sosenkami.

„Nie odpuszczę!" — w Edwina wstąpiła zadziorność. Wraz z nią pojawił się plan: podkradnie się do szałasu i zobaczy, co z człowiekiem, który go prosił o jedzenie.

Położył się na śniegu. Wypchane kieszenie uwierały, ale poradził sobie z nimi. Przekręcił je na boki i zaczął się czołgać.

Sunął bardzo wolno. Każdy zostawiony w tyle pieniek zdawał się największą premią, każde spojrzenie wachmana, którego uniknął — uśmiechem losu. Nie chciał jednak sprawdzać, jak wiele ma fartu; gdy usłyszał ciężkie brodzenie w śniegu, przywarł do ziemi i tylko odsunął gałązki drzewka, żeby się zorientować w sytuacji.

Obok wachmana stał Reinke. W nasuniętej nisko czapce i płaszczu z futrzanym kołnierzem przypominał baśniowego stracha. Był jednak bardziej ludzki — wyjął zza pazuchy papierosy. Zapalił ze strażnikiem.

— No i po kłopocie — wachman z zadowoleniem zaciągnął się dymem.

Masarz uśmiechnął się.

— Cieszę się, że mogłem pomóc — odpowiedział z nienaturalnym pozorem skromności. — Zresztą porządek musi być! Inaczej będziemy mieli anarchię.

Mężczyźni wymienili niezobowiązujące uwagi na temat mrozu i uciążliwości służby w Stutthof. Potem wyrzucili niedopałki.

— Reszta należy już do was — wachman podał na pożegnanie rękę.

— Tak jest... Zrobimy z tym porządek — zapewnił Reinke.

Edwinowi wydawało się, że sąsiad wspomniał coś jeszcze o grabarzu z Prangenau, ale tego nie był już pewien.

Chciał dostać się do szałasu. Rozważał, czy po prostu nie wyjść z ukrycia, jednak za bardzo bał się Reinkego. Nie wierzył mu. Wolał wyczekać, aż tamten pójdzie. Tymczasem cierpliwość z ciągnących się w nieskończoność minut drażniła go coraz bardziej. Podobnie jak woda z topniejącego pod nim śniegu, która przeniknęła ubranie, przyprawiając o niezdrowe dreszcze. Dłużej już nie wytrzyma. Zaczął odsuwać się do tyłu. Przyjdzie później — zdecydował.

Do lasku wrócił przed zmierzchem. Przemykał skrajem zagajnika, był czujny. W pobliżu szałasu nie było już nikogo. Wszedł do środka. Na ubitym śniegu zobaczył malinowoczerwoną plamę.

Krew? — niedowierzał. Kucnął i lekko rozgarnął ciemne grudki. Wełniana rękawiczka omsknęła się na czymś twardym. Znalazł tabakierkę — tę, którą pokazywał mu nieznajomy.

Przyglądał się jej uważnie, z podziwem. Ktoś włożył dużo wysiłku, by kawałek metalu zamienić w pojemniczek na proszek do nosa. I pewnie niemało dla niego znaczył. Po bokach wyryty był napis: „Kochanemu Ojcu — Marian — Wigilia 1944 — Stutthof". Edwin zastanawiał się nad nim długo. Pierwszy raz, choć bez zrozumienia, przeczytał coś po polsku.

Lekcja francuskiego

Takich dni było ostatnio niewiele — mroźnych, a zarazem słonecznych, zachęcających do wyjścia na podwórze. Czasami Maria przestawała wierzyć, że jeszcze kiedykolwiek nadejdą, lecz mimo to czekała na nie cierpliwie. Najczęściej w łóżku, ciasno owinięta w kołdrę, która niczym kokon chroniła przed okropnościami życia i wybawiała od obowiązku robienia czegokolwiek. Nie trzeba było nawet jeść ani pić. Za wszystko wystarczało nasłuchiwanie.

Na podstawie dźwięków, które dobiegały zza okien, potrafiła wyobrazić sobie świat po ich drugiej stronie. Pojawiające się obrazy nie były jednak przyjemne. Przynosiły niepokój, każąc myśleć, że tam, na zewnątrz, jest ponuro i odpychająco. Ludzie na przemian narzekali i klęli, pokasływali chorowicie bądź obrzydliwie spluwali flegmą. Od czasu do czasu słychać było stukot drewnianych kół na bruku albo brzęk kopniętej puszki. Ktoś załomotał do drzwi, zapłakało dziecko, skrzypnięcie nie-naoliwionych zawiasów budziło do wycia psa gospodarzy.

Zazwyczaj głosy wybrzmiewały pojedynczo, jakby każdy z nich chciał pokazać, że jest najważniejszy. To-ny wysokie boleśnie przeszywały skronie, z niskich ro-dził się lęk. Kiedy zdarzyło się im połączyć, traciły swą wyrazistość. Zamieniały się w szmer, hałas lub jazgot, od którego w baraczku nie było ucieczki. W takich mo-mentach Maria próbowała sobie wmówić, że tych dźwię-ków po prostu nie słyszy. Zawieszała wzrok w pustce pokoju, ćwicząc trudną sztukę bycia obojętną.

Robiła to zresztą od wielu miesięcy, próbując w ocienionym pokoju odnaleźć resztki świata, który gdzieś się rozpłynął i niewiele z niego zostało. W zasa-dzie tylko samotność, niepewność, oczekiwanie na po-wrót ukochanego mężczyzny. A poza tym? — w pamię-ci przeleciała spis własnych rzeczy, który był tak krótki, że bez trudu mogła wszystko wyrecytować. Miała więc kubek i dwa garnki, kilka szmatławych ubrań oraz tro-chę książek. Do tego sczerniały wisior, pierścionek, zdję-cie oprawione w ramki i budzik z obłamaną wskazówką minutnika.

Był jeszcze koc, zasłaniający jedno z okien. Przez postrzępiony materiał przebijała jasność, z której rodzi-ły się fantazyjne wzory na zakurzonej podłodze. Sło-neczne plamki przypominały dalekie morza i kontynen-ty, miejsca, które kiedyś zdążyła odwiedzić. „W lepszych czasach" — jak mawiała enigmatycznie.

Popatrzyła na wiszący na ścianie kalendarz. Grube pociągnięcia czerwonej kredki okrążały szóstkę, przypominając o umówionym spotkaniu.

— Więc to dziś — westchnęła ciężko. Przez chwilę łudziła się, że mimo wszystko to pomyłka i nie będzie musiała nic robić. W końcu jednak przemogła się. Siadła na krawędzi polowego łóżka, poprawiając pasek szlafroka. Odruchowo zaplotła za ucho kosmyk siwiejących włosów i szerokim łukiem narzuciła na plecy wełnianą chustę.

Wstała, lecz natychmiast ogarnęła ją słabość. Zakręciło się jej w głowie i mało brakowało, a poleciałaby na podłogę. W ostatniej chwili przytrzymała się stołu.

— To nic takiego. Zwykłe osłabienie — próbowała się pocieszyć.

Wzięła głęboki oddech i podeszła do żeliwnego piecyka. Podniesione z podłogi drewienka upchnęła na okopconym ruszcie. Dodała do nich gazet, przyłożyła ogień. Papier poczerniał, zacierając słowa generalissimusa Stalina o nierozerwalnym sojuszu socjalistycznej Polski i Związku Radzieckiego.

Upewniwszy się, że w piecu już nie wygaśnie, nalała do garnka odrobinę mleka. Zanim zdążyło się zagotować, ubrała się cieplej.

Okutana w zielony szynel stanęła na progu baraku. Od razu zrobiło się jej lżej na sercu. Sama dziwiła się, że wystarczyło uchylić drzwi, a wszystkie zmartwienia gdzieś uleciały. Przestała myśleć o braku pieniędzy, ubrań i przenikliwym chłodzie, którego w żaden sposób nie potrafiła pozbyć się z izby.

„To naprawdę drobiazgi" — uśmiechnęła się delikatnie i wystawiła twarz ku słońcu. Promienie grzały przyjemnie, odrobinę łaskocząc nos. Żeby nie kichnąć, potarła go energicznie.

Nie chciała patrzeć na pustkę podwórka, dlatego wsparła głowę na framudze i opuściła powieki. Wciągając głęboko powietrze, poczuła zapach, który świtem o tej porze roku zawsze był podobny. Ulatujący z kominów dym mieszał się z zapachem morza i sosnowego lasku, zdradzając, że do plaży jest stąd niedaleko. Wystarczyło dojść do skrzyżowania, za którym urywał się bruk, a brała początek piaszczysta droga. Jej kręta wstęga przecinała ośnieżone łąki i dochodziła do pasa karłowatych drzewek. Dalej słychać już było szum fal.

Maria wiedziała doskonale, że tak właśnie wygląda koniec tej drogi, choć od czasu, gdy tu zamieszkała, jeszcze nie poszła w tamtą stronę. Nie chciała oglądać morza, rozlewającego się na żółtym piasku, ani chmur ciągnących tuż nad horyzontem. Jak dla niej, były to widoki nazbyt ckliwe. Do tego krzyk mew, który wydawał się zapowiedzią nieszczęścia. I pomyśleć tylko, że przed wojną...

W myślach skarciła się za przywoływanie czegoś, co umarło i do czego nie było już powrotu. Została tylko pamięć, w której nie należało zbytnio grzebać, by nie powróciły sentymentalne obrazki. Zwłaszcza z czasów, gdy jako mała dziewczynka lubiła spacerować brzegiem morza albo jeszcze lepiej — wzdłuż Motławy, wsłuchując się beztrosko w życie rzeki. Na wodzie unosiły się frachtowce i malutkie stateczki żeglugi przybrzeżnej, a po ryku syren można było poznać, który z nich wypuszcza się w rejs. Ich zapach przywoływał odległe kraje. Nie kojarzyły się one z drogimi przyprawami czy rzadkimi gatunkami drewna. Azja i Afryka to były tłuste smary i kłęby gryzącego dymu. W zakolu rzeki ich nieprzyjemną woń zagłuszał znacznie bardziej intensywny fetor sprzedawanych tam ryb. Rybim śluzem przesiąknięte były przekupki i ich mężowie, donoszący towar na stragany. Jedynie mottlauspukerzy pachnieli inaczej. Od nich czuć było tytoń i kwaśny alkohol.

Maria bała się tych mężczyzn. Opierali się o barierki, czekając na nie wiadomo co. Przechodząc obok, tak na wszelki wypadek, mocniej ściskała dłoń ojca i zadzierała wysoko głowę, by zobaczyć jego twarz. Spotkanie jednakowo błękitnych oczu na krótką chwilę przywoływało uśmiech i pewność, że rozumieją się bez słów.

W niedziele w tych wędrówkach towarzyszyła im matka. Zawsze ubrana modnie, z nieodłączną parasolką, w kapeluszu z piórami. Udawała, że nie widzi ich spojrzeń, ale robiła wszystko, by na Długim Pobrzeżu byli jak najkrócej. Pierwsza skręcała w Bramę Mariacką lub Świętego Ducha, ciągnąc za sobą resztę rodziny. W plątaninie uliczek Głównego Miasta prowadziła ich do kościoła Świętego Mikołaja, gdzie odprawiano msze święte dla katolików. Po nabożeństwie szli na lody, najchętniej do kawiarni z muzyką. Towarzystwo, które tam się zbierało, roztaczało wokół powab surowej pruskiej elegancji. Mężczyźni dyskutowali w obłokach cygarowego dymu, kobiety delektowały się kawą i kawałkiem torcika. Wszystko na tle pretensjonalnych palm i draperii, do których pasowały melodie gładkie i ułożone, zupełnie inne od tych, w jakich Maria się zakochała, będąc już panną.

Upiła łyk mleka, próbując sobie przypomnieć dawno niesłyszane brzmienia. W radiu nie pojawiały się one teraz w ogóle. Wyparły je pieśni o odbudowie Warszawy i radościach, jakie, podobno, daje ciężka praca.

— Och, gdyby tak raz jeszcze zaśpiewał Aston albo lepiej: Bodo — westchnęła na wspomnienie czasów, gdy ich piosenek szukała w eterze. Manipulowała pokrętłami drewnianego pudełka tak długo, aż spośród szumów i trzasków udało się wyłapać muzykę, od której robiło się przyjemnie. W tych wszystkich *Walcach o miłości*, *Violettach* i *Złotych snach* było coś kojącego. Coś, co tak bardzo chciałaby znowu usłyszeć.

Przez chwilę Marii wydawało się, że gdzieś z daleka dobiega ją taka właśnie melodia. Płynie ponad uśpionymi domami i ogrodami, w których nie rośnie teraz nic, prócz kolejnych warstw śniegu. Nuty układają się w takty, frazy, refreny i zwrotki, przychodzą i podsycają niedowierzanie. „Tak, znam to! Tańczyłam przy tym! — ożywiła się własnym wyobrażeniem. — To musiało być w Londynie! W Londynie i nigdzie indziej! Na przyjęciu!"

Przed oczami stanęły jej szerokie drzwi i postacie, które widziała tamtego wieczoru — sami bankierzy i przemysłowcy. Ludzie z City. Była nimi skrępowana, ale mąż, Tadeusz, starał się pokazać, że wcale nie są od nich gorsi. Na salę wszedł zdecydowanym krokiem, trzymając ją mocno pod ramię.

W restauracji jasno było tylko na scenie. Świetlisty krąg koncentrował się na kobiecie w czerwonej sukni i rękawiczkach po łokcie, która śpiewała o rozstaniu z ukochanym. Słuchano jej w skupieniu, przy stolikach z migoczącymi świecami w lampionach. Głos wokalistki wysuwał się przed dźwięki jazzbandu. Zepchnięty do roli tła zespół dyskretnie operował trąbkami, puzonem, plumkaniem kontrabasu.

Wszystkie oczy były zwrócone w stronę sceny, ale Maria nie potrafiła wyzbyć się nieprzyjemnej myśli, że skupia na sobie całą uwagę. Była pewna, że londyńczycy lustrują ją ukradkiem, jak wszystkich przyjezdnych z kolonii. Przeszła z Tadeuszem kilka kroków, kiedy odruchowo ścisnęła jego rękę, wskazując na człowieka w kącie sali.

— Zobacz, Hans Wagner! — szepnęła zaskoczona. — Wiedziałeś, że tu będzie?

Tadeusz pokręcił przecząco głową. W tej samej chwili mężczyzna przy stoliku skinął na niego zapraszająco.

— Wszędzie bym się was spodziewał, ale tutaj? — Wagner się uśmiechał. — Co, na Boga, przygnało was na te przeklęte Wyspy?

— Akcje i obligacje — Tadeusz próbował zażartować, lecz za słowami poszedł tylko niewyraźny grymas. — Po prostu interesy.

— Och, nie opowiadaj głupot! Na pewno chciałeś zrobić żonie przyjemność i zabrałeś ją w podróż dookoła świata. Ja, gdybym mógł, nawet pięć minut bym się nie zastanawiał! — zaśmiał się cicho.

Tadeusz przysunął Marii krzesło, usiedli oboje.

— Niestety, Hans, na podróżowanie dla przyjemności na razie nie mogę sobie pozwolić. Czasy niespokojne, a szefostwo banku chce wiedzieć, jak ma postępować w wypadku... wojny — zawiesił głos. — O ile się nie mylę, znów wam się Rzesza powiększyła.

— Daj spokój, stary — Wagner machnął ręką. — Wprawdzie jestem Niemcem, ale nie zapominaj, że przede wszystkim jestem obywatelem Wolnego Miasta Gdańska i to jest dla mnie najważniejsze.

— Czyli zajęcie Sudetów cię nie interesuje?

— Nic a nic!

— A jeśli wasz führer zajmie Memel? — ciągnął temat Tadeusz.

— Nie zajmie... — rzucił od niechcenia Wagner.

— A Gdańsk?

Hans nie odpowiedział od razu, jakby próbował naprędce znaleźć wyjście z krępującej sytuacji.

— Zajmie, nie zajmie. Akurat jest o czym gadać — uciął sprawę. Jego wzrok błądził już po sali w poszukiwaniu kelnera. — Czego się napijecie?

— Tylko wody z cytryną — poprosiła Maria.

— A dla mnie brandy.

Kobieta na scenie skończyła śpiewać, popłynął deszcz oklasków. Można było wreszcie rozmawiać swobodnie, lecz na pytania znajomego Tadeusz odpowiadał zdawkowo. Widać było, że nie chce wychodzić poza ogólniki. Milczał na temat swojego przyjazdu do Londynu i pracy w The British and Polish Trade Bank w Gdańsku.

Gdy zasiadali do stolika, Maria miała nadzieję, że dzięki temu spotkaniu dowie się czegoś więcej o tym, co Tadeusz robi w firmie, ale on nawet wobec swojego przyjaciela z czasów studiów w Królewcu zachowywał się powściągliwie. Raczej słuchał niż opowiadał.

Rozstali się krótko po północy. Hans zaproponował, żeby do Gdańska wracali razem, lecz Tadeusz stanowczo odmówił.

— Musimy jeszcze odwiedzić Paryż — wytłumaczył.

Jadąc nocą ulicami Londynu, Marii wydawało się, że jest w najjaśniejszym mieście na świecie. Pulsujące światła neonów zapraszały do wstąpienia do któregoś z niezliczonych pubów, kin i rewii. Na Trafalgar Square taksówka nieco zwolniła, a Tadeusz przybliżył głowę do okna. Przez mokre od śniegu szyby przypatrywał się kolumnie Nelsona i reprezentacyjnym gmachom Admiralicji, Skarbu, Ministerstwa Spraw Zagranicznych. Wyglądało na to, że próbuje coś ważyć, bilansować, oceniać.

— Szwaby nie dadzą rady — wyszeptał wreszcie.

Maria wsparła głowę na ramieniu męża, swoją dłoń położyła na jego dłoni.

W hotelu poszli prosto do pokoju. Zmęczeni, chcieli czym prędzej znaleźć się w łóżku. Rozebrali się pospiesznie, rzucając ubrania w nieładzie.

— Wiesz, Tadziu, tak sobie pomyślałam, że może porozmawiałbyś z dyrektorem banku i wybadał, czy nie da się załatwić, by zatrudnili cię tutaj — odezwała się, poprawiając kołdrę. — Nie chcę wracać do Gdańska.

Odwrócił się w jej stronę, z bliska spojrzał w oczy.

— Kochanie, tyle razy ci tłumaczyłem, że gdzie indziej jest nasze miejsce. Naprawdę, nie ma się nad czym zastanawiać.

— To chyba jednak nie jest dobry pomysł — próbowała przekonywać. — Nie wiem dlaczego, ale naprawdę się niepokoję. Sam wiesz, że sprawy mają się coraz gorzej...

Nie odpowiedział. Wziął ją tylko w ramiona i delikatnie pogładził po jasnych włosach. Zawsze tak robił, gdy chciał przekonać, że wszystko zmierza ku dobremu.

— Skąd u ciebie tyle czarnych myśli? — zapytał łagodnie. — Na świecie nigdy nie będzie spokoju, ale to nie powód, żeby myśleć, że coś stanie się akurat nam. Zobaczysz, Marysiu, wszystko się ułoży i żadnej wojny nie będzie. Nawet pogoda z każdym dniem robi się coraz lepsza...

„Jakie znaczenie ma w naszym życiu pogoda? — uśmiechnęła się cierpko. — Jednego dnia świeci słońce, drugiego pada deszcz, wiatr pędzi chmury, a one wszystko zmieniają. Nie ma żadnej stałości".

— No i jak tam, pani Mario? Nareszcie mamy ładny dzień — usłyszała tuż przed sobą.

Błyskawicznie uniosła powieki, przeganiając wspomnienie Tadeusza i roziskrzonego Londynu. Teraz widziała tylko mężczyznę, który stał pośrodku podwórka z metalowym wiadrem, kopiasto obłożonym bryłami węgla.

— Ano ładny — odparła machinalnie.

— Następne też będą takie — odezwał się z niezmąconą pewnością w głosie. — Gdy na Gromnice pięknie wszędzie, tedy dobra wiosna będzie!

— Ależ co pan mówi, panie Władysławie. Przecież gdy na Gromniczną jest ładnie, dużo śniegu jeszcze spadnie!

— No tak. Na dwoje babka wróżyła... — machnął ręką z rezygnacją. — A w ogóle, to nie potrzeba wam czego?

— Co ja mogę potrzebować? — wzdrygnęła ramionami. — Mam wszystko. Aby tylko zdrowie było...

— Nowi uczniowie też są? Ostatnio poleciłem panią takiej jednej, co to dla syna nauczycielki francuskiego szukała.

— No właśnie, nie zdążyłam podziękować! Co za wstyd! Właśnie czekam na tego chłopaka. Na pierwszą lekcję przychodzi — powiedziała i nie chcąc po raz kolejny słuchać o tym, że powinna znaleźć sobie stałą pracę w szkole, dyskretnie wycofała się do mieszkania.

Siadła przed lustrem, zła na siebie za całe to udawanie, że nic jej nie brakuje. Tak naprawdę potrzebowała przecież Tadeusza, własnego domu, pewności jutra, a miała jedynie miejsce w drewnianym baraczku, który niewiele się różnił od przytułku. Stał w głębi jednego z oliwskich podwórek, z dala od drogi. Od ulicy zasłaniał go ceglany dom gospodarzy, do którego zmyślnie dobudowano szopę, łączącą ją zarazem z pawilonem, służącym teraz za sklep. Oficynka Marii stała natomiast oddzielnie, przegrodzona na dwa osobne mieszkanka dla lokatorów. Za ścianą gnieździli się jacyś Zabugaje, z którymi nie podtrzymywała kontaktów. Denerwował ją ich hałaśliwy sposób bycia i język, niby też polski, a jednak inny — miękki i rozwleczony.

Pamięta, że kiedy znalazła to miejsce, wprost nie posiadała się z radości. Cieszyła się, że znowu będzie miała dach nad głową. Owszem, byle jaki, ale zawsze lepsze to od spania pod gołym niebem. Z kamienicy, w której mieszkała przed wojną, został jedynie fragment fasady, więc nie było do czego wracać. Co gorsza, w mieście nie miała żadnego punktu zaczepienia. Nieliczni krewni i znajomi rozpierzchli się na cztery strony świata.

Po powrocie do Gdańska kilka dni spała w piwnicach zrujnowanego śródmieścia, potem ruszyła na poszukiwania czegoś lepszego. Mieszkanko, które znalazła w Oliwie, oczywiście nie miało wiele wspólnego z tym przedwojennym, ale w ciągu kilku ostatnich lat zdążyła się przyzwyczaić do braku jakichkolwiek wygód. Teraz nie przeszkadzało jej nawet to, że za całą łazienkę służyła emaliowana miednica, a do ustępu trzeba było chodzić na podwórze.

Odsunęła wiszący w oknie koc i spojrzała na zewnątrz. Pan Władysław wchodził właśnie do domu, zamykając za sobą drzwi. W zmniejszającym się prześwicie widać było jeszcze jego wyświechtaną kufajkę, gdy z boku domu pojawił się chłopiec w granatowym palcie. Od razu domyśliła się, że to jej uczeń. Przemierzał podwórko trochę niepewnie, rozglądając się na boki. Minął szopę, stojącą przy niej psią budę i wydeptaną w śniegu ścieżką doszedł do baraku. Kiedy dziecinną piąstką zapukał do drzwi, otworzyły się natychmiast.

— Dzień dobry, pani profesor — zdjął czapkę, odsłaniając jasne blond włosy.

— Dzień dobry — odpowiedziała. — Wejdź proszę. Ale nie zdejmuj płaszcza. Dopiero co napaliłam. Jeszcze się nie nagrzało.

Usiadł przy rozpadającym się stole, ręce chowając pod blatem. Stremowanym wzrokiem patrzył spode łba.

— Twoja mama umówiła się ze mną, że będziesz przychodził do mnie na francuski. Wiesz o tym, prawda?

— Tak, proszę pani.

— Mam nadzieję, że chcesz się uczyć, bo jeśli nie, to powiedz od razu.

Chłopak poruszył twierdząco głową.

— No dobrze. *Cahier, s'il vous plait* — odezwała się łagodnie. — Wyjmij zeszyt.

Na stole pojawił się wyciągnięty zza pazuchy brulion, a w palcach chłopaczka — gotowy na rozkazy ołówek.

— Wiesz coś o Francji? — zapytała i natychmiast się zawstydziła.

Że też zadaje dziecku takie głupie pytanie! Przecież ono na pewno nie ma zielonego pojęcia, kim był Napoleon, co to wieża Eiffela, boule i dobre wino. Chociaż nie, o winie ona sama nie może wiele powiedzieć. Piła je rzadko, zazwyczaj zadowalając się wodą mineralną. Vichy albo perier smakowały lepiej niż szampan czy iluś tam gwiazdkowy koniak. Tak było chociażby wtedy, gdy z Tadeuszem siedzieli w „Closerie des Lilas". Pociąg, którym mieli jechać do Polski, odchodził dopiero za kilka godzin, a oni tak bardzo chcieli się nacieszyć jeszcze Paryżem. Włóczyli się mokrymi zaułkami, oglądając sklepowe wystawy i sprzedawców wszelkiego dobra. Co kawałek porównywali stolicę Francji z Gdańskiem i Warszawą.

W kawiarni przy Boulevard du Montparnasse, uchodzącej za siedlisko bohemy, Maria zamówiła *café au lait*, a Tadeusz, dodatkowo, na rozgrzewkę, kieliszek czegoś mocniejszego. Byli zmęczeni i nie chciało się im rozmawiać, choć przy barze i sąsiednich stolikach dyskutowano zażarcie. Mimowolnie podsłuchali, czyja powieść w tym sezonie jest najlepsza i komu marszandzi najwięcej zapłacą za obrazy. Nie interesowało ich to. Patrzyli na siebie, zgadzając się bez słów co do tego, że są razem w chwili naprawdę wyjątkowej, bo niemożliwej do powtórzenia. Napawali się uczuciem błogiego spokoju i radości, że jest jeszcze na świecie miejsce, w którym tak swobodnie można porozmawiać o sztuce.

Tadeusz obrócił głowę w stronę okna. Wpadające światło zmiękczyło rysy jego twarzy, znikły też pierwsze, jeszcze niezbyt głębokie, zmarszczki. Skóra wyglądała niemal tak świeżo jak u chłopca, który przy stole czekał teraz na jej polecenia.

Zanim Maria zabrała się za lekcję, przyjrzała się malcowi uważnie. Skojarzenie, które przyszło jej na myśl, było cokolwiek niedorzeczne. Dzieciak przypominał upadłego, zabiedzonego wojną putto, któremu od mrozu pokraśniały policzki. Wyprostowany nad zeszytem, starał się sprawiać wrażenie, że jest skupiony. Nie wychodziło mu to najlepiej. Raz po raz jego wzrok wędrował w stronę kota, który bezgłośnie wskoczył na zewnętrzny parapet i kręcąc główką, podpatrywał, co dzieje się w baraczku.

— Jak masz na imię? — zapytała, siląc się na uprzejmość.

— Heniek.

— *Henri* — zawiesiła głos. — *Je m'appelle Henri*. Powtórz.

— Że ma pel Hen-ryj — wydukał.

— Jeszcze raz: *Henri*.

— *Henri*.

— Bardzo dobrze. A gdzie mieszkasz? — Poprawiła obsuwającą się z ramion chustę.

— W Oliwie, proszę pani.

— *Je habe á Oliva*.

— Że a-be a Oliwa.

Przytaknęła głową.

— Ile masz lat?

— Dziewięć.

— *J'avais…* Czyli że urodziłeś się w czterdziestym roku?

— Tak, proszę pani.

W myślach zrobiła pospieszny rachunek. Do dziewięciu lat chłopaka dodała rok i wyszedł z tego czas spędzony bez męża. Tadeusza nie było już dziesięć lat. Gdzieś zniknął, rozpłynął się, nie zostawiając po sobie najmniejszego śladu.

Każdego dnia zastanawiała się, czy i do kogo powinna mieć żal o to, co się stało. Do niego, że ją opuścił, czy raczej do siebie, że nie nalegała dość stanowczo, by zabrał ją ze sobą? Przecież wtedy, w sierpniu, widać już było wyraźnie, że w mieście szykuje się coś niedobrego. I bynajmniej nie chodziło o watahy SA-mannów, szukających na ulicach okazji do rozróby.

Tadeusz wiedział o tym doskonale. Nie potrafił ukryć zdenerwowania. Za dnia spięty, nocami spał nerwowo. Pod koniec miesiąca dostał telegram, wzywający go do natychmiastowego stawienia się w Warszawie. Podobno chodziło o zabezpieczenie jakichś spraw bankowych i wizytę w brytyjskiej ambasadzie, Maria czuła jednak, że to coś poważniejszego.

— Wrócę za kilka dni, najszybciej jak tylko będę mógł — obiecywał po raz nie wiadomo który, gdy stali na peronie Dworca Głównego. — Proszę cię, uważaj na siebie!

Jak zwykle objął ją, pocałował, szepnął do ucha kilka słodkich słówek. Bardziej od tych czułości zapamiętała jego wyprostowaną sylwetkę w kapeluszu i z walizką w ręku. Przez drugą, choć było wyjątkowo gorąco, miał przewieszony popielaty trencz. Z okna wagonu coś do niej krzyknął, ale słowa zagłuszył ostry gwizdek zawiadowcy. Spod kół parowozu buchnęła para, w której zniknął peron i stojący przy nim pociąg.

Wspominając tamtą chwilę, nie mogła oprzeć się wrażeniu, że potem nie działo się już nic. Aż do pierwszego września. Tamtego dnia wszystko się skończyło. Od świtu na mieście słychać było strzelaninę, a Niemcy aresztowali kogo tylko się dało — polskich pocztowców, kolejarzy, pracowników Komisariatu Generalnego. Szupowcy i ci z SA przyszli również do niej. Dopytywali się o Tadeusza, przetrząsnęli mieszkanie. Kiedy powiedziała, że mąż jest w Warszawie, zostawili ją w spokoju. Musiała tylko meldować się na policji.

Nie, to wcale nie było takie straszne. Kiedy myślała o tym, co się zdarzyło, niezmiennie dochodziła do wniosku, że miała dużo szczęścia: przeżyła. Wprawdzie zarekwirowano jej cały majątek, ale za to nie wywieziono do obozu. Z czasem wyżebrała w urzędach zgodę na opuszczenie miasta. Przeniosła się do znajomych na wieś, gdzie przez pięć długich lat z ledwością wiązała koniec z końcem. Do Gdańska wróciła, gdy tylko pozwolili na to Sowieci.

Widok zburzonego miasta był przerażający. W śródmieściu wszystkie kamienice zamieniły się w pryzmy cegieł, pomiędzy którymi wypiętrzały się gdzieniegdzie wypalone szkielety kościołów. Uliczkami zawalonymi gruzem nie sposób było się poruszać.

Może to dziwne, ale uśmiechnęła się, widząc pomnik Wilhelma I, który podziurawiony pociskami leżał przed Bramą Wyżynną. Cesarski koń wypinał obfity zad, pokazując, co myśli o całym świecie.

Idąc przez miasto, na każdym kroku potykała się o trupy. Wynoszono je z ruin, odcinano z drzew, wyławiano z rzeki. Każdy zastrzelony, powieszony czy spalony wydawał się Tadeuszem. Oczywiście pytała się o niego gdzie tylko się dało. Szukała w Czerwonym Krzyżu, rozwieszała karteczki, jednak nie zgłosił się nikt, kto by coś wiedział. Ludzie, których o niego pytała, nie wierzyli, że się uratował.

— Pani kochana, wie pani, co Szwaby robili z Polakami? Oni wszystkich... — mówili, przesuwając znacząco palcem pod brodą.

Niby o tym wiedziała, ale pogodzić się było trudno. Hitlerowcy nie oszczędzili nikogo, nawet Bogu ducha winnych pracowników The British and Polish Trade Bank. Aresztowano ich zaraz na początku wojny i zagnano do Victoriaschule. O tym, co tam się działo, słuchała, z trudem powstrzymując mdłości. Jakiś czas temu dowiedziała się z gazet, że w Stutthofie znaleziono zwłoki więźniów rozstrzelanych w czterdziestym roku. Wśród nich był Kręcki, wicedyrektor banku, który tak jak Tadeusz studiował w Królewcu, a do tego jeszcze w Heidelbergu i Berlinie. Maria była tą wiadomością bardzo poruszona, choć jednocześnie zastanawiała się, czy mimo wszystko tak nie jest lepiej? Czy prawda o śmierci najbliższych nie przynosi spokoju? Ona miała tylko niepewność i niekończące się czekanie, że któregoś dnia Tadeusz jednak się pojawi. Pójdzie zobaczyć miejsce, gdzie stał ich dom, będzie się o nią wypytywał. To przecież dla niego zostawiła na murze zniszczonej kamienicy napis: „Oliwa, ulica Czerwony Dwór, Maria", znaczący więcej niż „Wiara, Nadzieja, Miłość".

„Tak, kiedyś dzieciaka nauczę i takich zwrotów, ale póki co musi ćwiczyć rzeczy bardziej użyteczne" —

postanowiła, każąc zarazem Heniowi zapisywać w zeszycie kolejne „Je m'apelle...".

Gdy minęła godzina zajęć, ustaliła następny termin lekcji i zapytała, czy na pewno trafi z powrotem. Przytaknął, ale po minie widać było, że myśli już o czymś innym. Pospiesznie schował zeszyt, wciągnął czapkę i rzuciwszy: „Do widzenia", popędził prosto do domu.

Pierwszą rzeczą, jaką zrobił Henio, przekroczywszy próg mieszkania, był stanowczy protest.

— Nie będę chodził na żaden francuski! — oznajmił rozzłoszczony.

Matka nie posiadała się ze zdziwienia.

— Ależ synku, co ty opowiadasz? — odezwała się z udawanym spokojem. — Co się stało?

— Nic, tylko że tam jest brudno i... i... — zawiesił głos, szukając odpowiedniego słowa. — I trupio!

Kobieta zdrętwiała. Wpatrywała się w chłopaka, trzymając w ręku pranie, z którego ciurkiem skapywała woda; zrobiła się z niej na podłodze całkiem spora kałuża.

— Jeśli chcesz, Heniu, żeby ludzie się z tobą liczyli, to musisz być kimś — powiedziała zdecydowanie. — A nie będziesz kimś, jak nie będziesz znał języków. Pamiętaj, synku, że francuski otwiera wszystkie drzwi. Zostaniesz lekarzem albo adwokatem, albo będziesz pracować w dyplomacji. Poznasz obcokrajowców, będziesz chciał z nimi pogadać, a bez języka ani rusz. Zresztą gdyby nawet coś nie wyszło ze studiami, zawsze możesz pójść na księdza. Tam, co prawda, bardziej potrzebny jest włoski i łacina, ale o tym będziemy myśleć, jak przyjdzie co do czego. Na razie zajmij się francuskim!

— Mamo, ale ta nauczycielka to jest jakaś żebraczka! — chłopak demonstracyjnie tupnął nogą.

— Nie żadna żebraczka, tylko bardzo dobra nauczycielka — przekonywała matka. — No, umyj już ręce i siadaj do stołu. Zaraz zagrzeję ci zupę.

Odłożyła pranie, ręce wytarła w ścierkę i dorzuciła drew do westfalki. Zachrobotał nasuwany na platę garnek. Mieszając w nim chochelką, zastanawiała się, czy dobrze zrobiła, że posłała chłopaka na francuski. Z drugiej strony, czy można traktować serio słowa dziewięciolatka? Bądź co bądź tę korepetytorkę polecił pan Władysław, sklepikarz z Czerwonego Dworu, a on przecież jest taki uczciwy...

„Na pewno nie poleciłby kogoś, komu sam by nie ufał" — stwierdziła i wróciła pamięcią do ostatniej z nim rozmowy.

To było kilka dni temu, gdy robiła zakupy. Brała kartofle, ale zanim sklepikarz zdążył je odważyć, zapytała, czy ktoś w okolicy uczy francuskiego. Pan Władysław nie zastanawiał się ani chwili. Od razu wskazał na pobliski barak i powiedział, że kobieta, która wynajmuje w nim pokój, zna ten język znakomicie.

— Będzie pani zadowolona, pani Tereso — zapewniał. — To porządna osoba, solidnie wykształcona, tylko we wojnę przeszła zbyt wiele.

— Każdy wiele przeszedł — obruszyła się, ale sklepikarza nie zbiło to z tropu. Przymknął oko, dając do zrozumienia, że chodzi mu o coś innego.

Teresa była nieco rozdrażniona zdaniem o rzekomej wyjątkowości tamtej kobiety. Dopiero teraz zorientowała się, że rozmawiając z panem Władysławem, nie zrozumiała go. A przecież to było jasne jak słońce: korepetytorka miała coś nie w porządku z głową. Owszem, była wykształcona, znała język, ale to jeszcze nie powód, żeby natychmiast posyłać do niej dziecko.

„Ech, że też dałam się podejść — wzdrygnęła się. — Wystarczyło, by ktoś powiedział, że to żona bankiera, a ja już byłam taka zachwycona! Nie, ona nie może być normalna!"

Powinna była domyślić się wszystkiego, kiedy ustalały sprawę lekcji dla Henia. Widziała, z jak bardzo zaniedbaną kobietą ma do czynienia — miała jakieś czterdzieści lat, ale wyglądała na piętnaście lat więcej. Przy tamtym spotkaniu Teresa przekonywała się jednak w duchu, że to nie wygląd jest najważniejszy. Kto wie, może pani Maria, jak o niej mówiono, rzeczywiście doświadczyła wielkiego nieszczęścia, po którym straciła ochotę do wszystkiego? Nawet nie targowała się o cenę lekcji. Zaproponowaną stawkę, zresztą symboliczną, przyjęła bez szemrania i od razu ustaliły termin pierwszych zajęć.

Kiedy po tych kilku dniach Teresa myślała o korepetytorce, dochodziła do wniosku, że nie należy jej żałować. Sama była winna biedzie, w jakiej się znalazła, a los bywa jednak sprawiedliwy. Skończyły się jej — francy jednej — rauty, samochody, polowania i teraz nie potrafi wziąć się za własne życie. Do szkoły poszłaby taka, popracowała uczciwie, a nie czekała, że dostanie coś od ludzi. Zresztą podobno ona jest z Gdańska, więc to na pewno Niemra, która po polsku dobrze się nauczyła...

Teresa sięgnęła po garnek z wrzątkiem i nalała do miednicy. Żeby się nie poparzyć, dodała zimnej wody, zamieszała i zanurzyła w niej chłopięcą koszulkę. Piorąc, poczuła, że wreszcie może wyrzuć z siebie całą nagromadzoną złość.

„Na francuski Henio będzie chodził, choćby nie wiadomo co — ślubowała w duchu. — Jeśli nie do tej baby na Czerwonym Dworze, to do kogoś innego. Jeśli trzeba będzie, to się zapożyczę! Henio nie może żyć w nędzy! Dość już tych nieszczęść, tragedii, zmarnowanych lat..."

Ściskała w rękach ubranko, ale jej oczy widziały tylko rodzinny dom w Bydgoszczy, z którego uciekła na początku Września. Rodzice wyekspediowali ją do wujostwa, którego w ogóle nie znała. Na wieś w Lubelskiem miała dotrzeć jak chyba wszyscy — przez Warszawę. W tamtych dniach stolica wciąż wydawała się arką, która każdego przyjmie i uratuje przed zalewającym kraj potopem. Zmierzała więc do niej z tysiącami innych uchodźców, przeciskała po zatłoczonych drogach. W bombardowanym mieście zatrzymała się dwa dni i nim na dobre zamknął się pierścień oblężenia, ruszyła dalej na południe. Do krewnych dotarła, gdy było już po wszystkim. Rząd uciekł przez Zaleszczyki, skapitulowała Warszawa, a nad Sanem stanęli Sowieci.

Pamięta, że dziwnie piękny był tamten październik. Poranki parowały mgłą, a za dnia było jeszcze dość ciepło. W sadach wisiały niezebrane jabłka.

Z początku miała nadzieję, że po tygodniach nieustannej włóczęgi wreszcie znalazła spokój, lecz prysnął on wraz z listem od rodziców. Pisali, że tęsknią i kochają, nakazując przy tym kategorycznie, by nie wracała dopóki sytuacja w kraju się nie wyjaśni. Pomiędzy słowami wyczytała, że u nich, w Bydgoszczy, dzieją się teraz rzeczy, o których mówić nie sposób, a poza tym oddziela ich granica i z Generalnego Gubernatorstwa wydostać się niełatwo. Posłuchała się ich, choć ostatnie miesiące roku były dla niej koszmarem. Nie wiedziała, czy rzeczywiście ma siedzieć na wygnaniu, czy lepiej będzie, jak wróci do swojego miasta.

Prawdziwa rozpacz dopadła ją w Boże Narodzenie. Ciotka, której obrotność można było tylko podziwiać, zadbała, by w święta niczego nie zabrakło. Była choinka, wędliny, nawet ciasto z prawdziwymi bakaliami — luksus jak na wojenną biedę, ale Teresy nic a nic to nie cieszyło. Tęskniła za rodzicami, bratem, świątecznym z nimi spacerem i widokiem Brdy z Mostu Królowej Jadwigi.

— Teresko, zaśpiewaj jakąś kolędę — poproszono ją po skończonej kolacji wigilijnej.

Próbowała wykręcić się brakiem nastroju, ale goście byli nieustępliwi. Poddała się, intonując *Wśród nocnej ciszy*. Jej głos, miał być radosny, jednak załamał się w połowie zwrotki.

Po policzkach spłynęły łzy.

Wcale nie lepszy nastrój Teresa miała w sylwestra. W domu pojawiło się sporo ludzi, których nie znała w ogóle. Jedni byli tutejsi, inni — uciekinierzy od Niemców albo od Ruskich. Wszyscy niby składali sobie życzenia, uśmiechali się i... patrzyli na siebie podejrzliwie. Wiedziała, że nikt nie jest tym, za kogo się podaje. Wymieniano zmyślone nazwiska, profesje, adresy. Wyjątek stanowili drogerzysta z pobliskiego miasteczka, nauczyciel i handlarz opałem, którzy już wcześniej odwiedzali ciotkę. Rozgorączkowani powtarzali niczym magiczne zaklęcie, że „im słoneczko wyżej, to Sikorski bliżej".

Przed północą towarzystwo było już rozluźnione. W ogólnej wesołości pracowicie unoszono kieliszek za kieliszkiem. Tylko Teresa nie potrafiła się cieszyć. W miarę jak innych ogarniało pijane szczęście, ona czuła się coraz bardziej samotna. Panienka z dobrego domu usługująca ochlapusom — patrzyła na siebie ze wstrętem. A kiedy wybiła godzina dwunasta, po prostu rozpłakała się. Dopadła ją trudna do odegnania myśl, że to jej ostatni Nowy Rok, bo dożycie następnego nie będzie już możliwe. Któregoś dnia Niemcy przyjdą i zabiją ją. Nieważne, czy stanie się to za dzień, tydzień czy miesiąc. Wcześniej czy później zastrzelą ją albo powieszą. Jej zwłoki zostaną zakopane w nieoznaczonym grobie i nikt się nie dowie, gdzie jest pochowana.

Nie chciała, żeby ktokolwiek zobaczył jej zwilgotniałe oczy, więc ukradkiem wymknęła się z domu. Na dworze uderzyło ją mroźne powietrze, od którego zakłuło w płucach. Łzy zaczęły z wolna zastygać. Zadarła wzrok w stronę nieba, a ono wydało się gęste i lepkie jak rzeczny muł, przykrywające wszystko czarnym, nieprzeniknionym kożuchem.

Wzdrygnęła się, gdy ktoś dotknął jej ramienia.

— Panno Tereso, co się stało? — usłyszała za placami.

— Proszę nie płakać...

— Ależ ja nie płaczę — zawstydzona opuściła głowę.

— To tylko wzruszenie. Mamy Nowy Rok, prawda? Wszystkiego najlepszego — powiedziała, sprawdzając kątem oka, komu składa życzenia.

Był to mężczyzna, który w domu wujostwa zjawił się ledwie wczoraj. Nie interesowała się nim. Mogła tylko powiedzieć, że jest wysoki, ma starannie przycięte wąsy i czesze się gładko do tyłu. Tego wieczora siedział na drugim końcu stołu i chyba z nikim nie zamienił słowa.

— Powinna pani wracać, jest naprawdę zimno — zaproponował i objął ramieniem.

Poczuła się znacznie bezpieczniej. Wódka, której nie wypiła dużo, przestała znęcać się nad wyobraźnią.

— Proszę mnie odprowadzić — zdecydowała. — Zdaje się, że nie chcę już świętować.

Weszli do domu i nie zamieniwszy słowa, wspięli się na piętro. Mężczyzna poczekał, aż Teresa wejdzie do pokoju. Zamknęła za sobą drzwi i padła na łóżko. Znowu zaczęła płakać. Najpierw cicho, potem zanosząc się szlochem. Poduszka natychmiast zrobiła się wilgotna.

Leżąc na brzuchu, próbowała zdusić w sobie wszystkie lęki i żale. Chciała być silna, zdecydowana, potrafiąca stawić czoła wszelkim trudnościom. Myślała o radości rodziców, gdy wreszcie wróci do Bydgoszczy, i ich dumie z córki, która tak dzielnie wytrwała w tych ciężkich czasach. Będą się jeszcze wspólnie śmiali. Na pewno!

Na pewno...? Wolne żarty! Pewna jest tylko ta chwila, którą się przeżywa, następnej może już nie być!

Szybko doprowadziła twarz do porządku i wyszła na korytarz. Mężczyzna, który ją odprowadzał, wciąż stał na słabo oświetlonym korytarzu, a w prześwicie okna wyraźnie widać było jego szczupłą sylwetkę. Głowę miał zadartą w niebo. W tej pozie wydał się Teresie bliźniaczą duszą, równie samotną jak ona.

Widząc go, pomyślała, że jeśli chce mieć cokolwiek z życia, to musi to zrobić teraz. Jutro może być już za późno. Może nie żyć i żałować przez całą wieczność, że nigdy nie spróbowała miłości fizycznej, że wszystko, co do tej pory przeżyła, było miałkie i nijakie. Nie chciała, by jedynym intensywnym doświadczeniem, jakie będzie jej dane, była śmierć w nieokreślonej przyszłości. „Jeżeli nawet umrę, to chociaż on o mnie nie zapomni" — stwierdziła, nie dopuszczając do siebie myśli, że jest to czysta naiwność.

Do pokoju trafili bez słów. Ubrania zrzucili w pośpiechu. Teresa wystawiła na pocałunki szyję i piersi. Była zaskoczona, że dotyk czyichś ust może być aż tak mrowiący. Oczy zaszły jej mgiełką i nie widziała już twarzy kochanka. Zamienił się on w dotyk, od którego jej ciało robiło się coraz bardziej wilgotne. Kropelki potu wystąpiły na karku, zwilżyły dołek między piersiami i spojenie ud.

Kiedy w nią wchodził, zdobyła się tylko na zdziwienie. Zamarła przeszyta lekkim, lecz krótkotrwałym bólem. On jednak tego nie zauważył. Poruszał się w niej rytmicznie, tam i z powrotem.

— Chcę skończyć w środku — wysapał.

Nie zareagowała...

Henio urodził się na początku września, miała więc sporo czasu, by przyzwyczaić się do tego czegoś, co się w niej rozrastało i zmieniało kształty. Z początku niby nie działo się nic, ale potem sprawy nabrały przyspieszenia. Pęczniejący brzuch szykował się do wydania na świat małej istotki. Im była większa, tym bardziej Teresa przejmowała się tym, co dzieje się na świecie. W czerwcu upadła Francja, a krótko potem aresztowano handlarza opałem. Podobno trafił do Auschwitz, nowego obozu pod Krakowem. W ślad za nim z miasteczka zniknął nauczyciel, zaś drogerzysta przebranżowił się i zaczął szyć kapcie.

Nie było też ojca Henia, który, prawdę powiedziawszy, nie zdążył się dowiedzieć, że będzie miał dziecko. Nie żegnając się z nikim, wyjechał tuż po Nowym Roku, gdy jakiś nieznajomy zaczął się o niego wypytywać u wujostwa.

— Kim był ten człowiek, ciociu? — próbowała się dowiadywać, ale krewna wiedziała tyle co nic. Obiło się jej o uszy, że pochodzi z Pomorza, musiał uciekać i że chce przedostać się na Zachód. Spóźniony ochotnik do wojska Sikorskiego.

Powód tych dociekań ciotka zrozumiała bardzo szybko. U Teresy pojawiły się wymioty. Torsje powtarzały się często i były wyczerpujące. W ślad za nimi, po kilku miesiącach, brzuch zaczął przybierać na wypukłości, a ona na kilogramach. Dla ciotki był to wstrząs, który o mało nie złamał jej życia. Była do tego stopnia wściekła, że za wszelką cenę chciała odesłać Teresę do rodziców. Pozostanie na wsi pod Lublinem zawdzięczała jedynie problemom z niemiecką administracją, która z jakichś powodów nie chciała się zgodzić na jej wyjazd z Generalnej Guberni.

Z czasem Teresa zaczęła żałować, że tak się stało. W połowie czterdziestego czwartego roku dostała wiadomość, że ojciec i matka, jedno po drugim, zmarli na tyfus, zaś brat, którego Niemcy wcielili do Wehrmachtu, zginął w Normandii.

Kiedy skończyła się wojna, nie wiedziała, co ze sobą począć. Jedyna rzecz, której była pewna, to ta, że nie może być dłużej z wujostwem. Podziękowała im za opiekę i wyjechała z Heniem do domu. Podróż zdawała się nie mieć końca. W przepełnionych pociągach ludzie gnietli się, umierali, kobiety rodziły. Awanturowano się, sięgając po noże i rewolwery, nikt nie gwarantował ochrony.

W Bydgoszczy okazało się, że rodzinny dom nie istnieje. Spłonął, bo podobno ruscy sołdaci zaprószyli ogień. Nie potrafiła jednak się tym przejmować. Ba! Poczuła nawet ulgę, że znikła ostatnia rzecz przykuwająca ją do tego miasta. W zamian pojawiło się poczucie niczym nie skrępowanej wolności. Mogła robić wszystko, co chciała, a ona marzyła o zobaczeniu Wybrzeża. Uznała, że to wyjątkowo dobre miejsce, by rozpocząć życie od nowa. Hel, Jastarnię, Gdańsk czy Gdynię znała ze starych propagandowych gazetek, które w czasach szkolnych czytała z takim przejęciem, że w końcu włączyła się w zbieranie pieniędzy na Fundusz Obrony Morskiej.

Zatrzymała się w Gdańsku. Nie przeraziły jej ruiny ani wszechobecni Sowieci. To wszystko wydawało się mało istotne w porównaniu z załatwionym kwaterunkiem. Dostała pokój w domu, który dopiero co został opróżniony z Niemców. Wprawdzie nie miała go na wyłączność, ale i tak była szczęśliwa. Mogła urządzić się po swojemu, wychować Henia, przy odrobinie szczęścia znaleźć męża.

Potrząsnęła głową.

Nie, nie potrzebowała żadnego męża, chyba że byłby to ojciec jej syna. Tylko jego pragnęła odnaleźć i pokazać mu dziecko.

Wyjęła z miski koszulkę, wyżęła i strzepnąwszy energicznie, zawiesiła na lince. W lekko ostudzonej już wodzie wylądowała następna część garderoby.

„Skoro Heniu jest taki niezadowolony, sama pójdę i przyjrzę się tej kobiecie — postanowiła. — Kto wie, może rzeczywiście chłopak ma rację?"

Na Czerwony Dwór wybrała się po południu, wystrojona w niedzielny płaszcz i beret, spod którego wysuwały się jasne pofalowane włosy. Najpierw zaszła do sklepu pana Władysława. Właściciel siedział za ladą z dłońmi splecionymi na podołku. Oczy miał przymknięte, ale nie spał. Delikatnie zastukała w ladę.

— Bardzo pana przepraszam, ale nie wie pan, czy ta kobieta, to znaczy pani Maria, jest u siebie?

— Powinna być — sklepikarz uniósł się z zydelka. — Ona nigdzie nie wychodzi. A synek co, był już na lekcji?

— Był, panie Władysławie — rzuciła Teresa i odeszła bez pożegnania.

Stanąwszy przed drzwiami baraku, zastukała.

— Dzień dobry, mogę chwilę przeszkodzić? — zapytała i nie czekając na odpowiedź, wsunęła się do środka.

— Chciałam się dowiedzieć, jak tam Heniowi idzie z francuskim? Ja wiem, że na początku może z nim być trochę kłopotu, ale na pewno szybko się podciągnie!

Stały naprzeciw siebie. Nauczycielka, skrępowana własnym wyglądem, obwinęła się ciaśniej chustą.

— Wie pani, to dopiero pierwsza lekcja, ale chłopiec zapowiada się dobrze — odparła Maria.

— Bo gdyby były jakieś problemy, to oczywiście...

— Na razie nie było żadnych. Henio radzi sobie świetnie. Zresztą wie pani, ja w swoim życiu miałam już tylu uczniów... — skłamała.

Teresa poprawiła wciśniętą pod ramię torebkę. Dalsza rozmowa w zasadzie była już zbyteczna. Oczywiście, mogła jeszcze próbować podpytać się o sprawy bardziej osobiste, ale czuła, że to byłoby już niestosowne. Nie zrezygnowała natomiast z uważniejszego przyjrzenia się wnętrzu baraku. Błyskawicznie omiotła je wzrokiem, przyznając Heniowi rację. Faktycznie, było tu jakoś trupio.

„Pewnie przez ten zapach" — przeleciało Teresie przez głowę.

Przestąpiła z nogi na nogę i miała już wychodzić, gdy w oko wpadło jej zdjęcie na komodzie. Rzeźbione ramki okalały zniszczoną tekturkę.

— Mogę zobaczyć? — spytała, zaskoczona własną śmiałością.

Nauczycielka nie zaprzeczyła, więc Teresa uniosła fotografię. Widać było na niej parę: młoda kobieta szła pod ramię z przystojnym mężczyzną. W tle pięły się w górę bogato zdobione fasady kamienic, wzdłuż krawężnika stały samochody i jacyś ludzie.

— Ładne, prawda? — wyrwało się Marii. — To ja z mężem. W Paryżu.

Teresa nie odpowiedziała. Patrzyła jak zahipnotyzowana.

Elegancka kobieta w toczku i płaszczu z futrzanym kołnierzem pasowała do francuskiej stolicy. Podobnie jak towarzyszący jej mężczyzna, choć on stanowił raczej tło dla partnerki. Jego postać na zdjęciu była bardziej wyblakła, zaś przez środek twarzy przebiegał biały ślad po zgięciu.

Teresa zmrużyła oczy. W ciemnawym pomieszczeniu próbowała odtworzyć zatarte rysy tego człowieka. Wydawało się jej, że miały w sobie wielką łagodność i szlachetność. Widać też było cienką kreskę wąsów. Patrząc na owalne oblicze, nie była w stanie oprzeć się wrażeniu, że kiedyś musiała już je widzieć. Tylko gdzie?

W zakamarkach pamięci przewertowała twarze ludzi, których w swoim życiu spotkała. Niczym z olbrzymiego tableau wywoływała bliższych bądź dalszych krewnych, nauczycieli, znajomych. Nagle jej ciało zalała fala gorąca.

— Nie, nie wierzę! — wymamrotała. — To nie może być prawda!

Teresie pociemniało w oczach, rozstąpiła się ziemia pod nogami. Coś ciągnęło ją w dół. Leciała w przepaść, ścigana przez obrazy z własnego życia. Znowu był Wrzesień, ucieczka, obcy ludzie u ciotki na Boże Narodzenie i sylwestra. Wśród nich ten, z którym przeżyła jedyne w życiu zbliżenie. Wciąż tak samo przystojny, z cienką kreską wąsików.

Zanim osunęła się na podłogę, usłyszała odległy głos:

— Pani Tereso, co się stało? Niech pani nie mdleje! Pani Tereso!

Koty nad stawem

───────── ❧ ❧ ─────────

Erna Krüger nie miała wątpliwości: wszystko, co w jej życiu miało się wydarzyć, już się wydarzyło. Nie uważała jednak, że powinna z tego powodu robić rachunki sumienia. Jej zdaniem za otrzymane dobro należało dziękować, żałować za grzechy, a resztę zostawić Panu Bogu pod osąd. Tyle że nawet Jemu nie zamierzała się tłumaczyć. On przecież jest Wszechwiedzący, więc na pewno zrozumie, jeśli ona teraz… Zrobiła krok naprzód, w stronę zastawki przy młynie. Przelewająca się woda spadała z hukiem kilka metrów niżej.

Stojąc na krawędzi kamiennego koryta, czuła się nieswojo, choć nie na tyle, by przestać rozważać wszystkie „za" i „przeciw". Tylko od niej zależało, czy zrobi ruch, po którym zniknie w białym, spienionym wirze.

Śmierć była pewna, choć bez przesądzania, pod jaką przyjdzie postacią. Mogło to być skręcenie karku lub utopienie. Tak czy inaczej, po następnym kroku nie było już ratunku.

Przymknęła oczy, a delikatny powiew musnął jej twarz. Zapachniał tatarak. Mulista woń wymieszała się z rześkością wody i było to na tyle przyjemne, że odejście z tego świata wydawało się sprawą nie wartą najmniejszego wahania.

Złączyła stopy na skraju zastawki.

Próbowała pospiesznie odgadnąć, ile czasu upłynie, zanim ją odnajdą, i gdzie pochowają ciało? W Oliwie? Na Emaus?

„A gdybym zażyczyła sobie leżeć obok rodziców...?" — pomyślała.

Podniosła gwałtownie powieki, zła na siebie, że najważniejszą sprawę pozostawiła niezałatwioną. Przecież nie może się rzucić, dopóki nie wskaże miejsca pochówku. Nie chce leżeć byle gdzie, pod płotem, bez nagrobka z własnym nazwiskiem. Musi natychmiast to napisać w liście!

Wyjęła schowany w kieszeni płaszcza klucz i ruszyła do domu. Z biegu zaczęła przetrząsać pokoje w poszukiwaniu ołówka i czystej kartki, ale nie było ich w żadnej szufladzie, na biurku ani w komodzie. Diabeł nakrył ogonem.

Zmęczona stanęła pod oknem. Serce waliło niemiłosiernie, oddech miała krótki. Była pewna, że podobnie czuje się mucha, która w tej właśnie chwili dogorywała w pajęczynie pomiędzy szybami. Otwierała i zamykała skrzydła, aż wreszcie znieruchomiała na dobre.

Erna uśmiechnęła się gorzko, jakby zrozumiała, że dane jej było przeżyć jeszcze jedną istotę, która zresztą nie jest wcale gorsza od człowieka. Żyje, poluje, rozmnaża się, wydala, umiera. Ale czy jest szczęśliwa? Czy umie zachwycać się światem?

Spojrzała w dal, na rozciągającą się przed nią dolinę. Było tu wszystko, co sprawiało, że świat jest piękny: staw, soczysta zieleń i bzyczenie ważek. Do tego nieskazitelny niemal spokój. Swoją urodą dolina dzieliła się jednak nader niechętnie. Trwała w ukryciu za wysokimi, acz łagodnymi wzgórzami, które ze wschodu na zachód przedzielało jasne pasmo kolein. Za parawanem wysokich traw nie było ich widać, choć bieg drogi był łatwy do odgadnięcia — zdradzały go drzewa. Sczepione konarami tworzyły ocieniony tunel, którym od czasu do czasu przemykały zabłąkane wartburgi, fiaty i syrenki. Niejako dla równowagi ich kierowcy nie widzieli, co kryje się na dnie doliny. Szkielet zrujnowanego młyna, przy nim dom i pomost — wszystko ginęło pośród zdziczałego sadu. Żeby się do nich dostać, należało tuż za zakolem stawu skręcić w ścieżkę wysypaną szutrem. Czarna i niezbyt szeroka, zamieniała się u końca w całkiem spore podwórko. Jego granicę wyznaczono rzędem niedbale skleconych szauerków, z dostawionymi gdzieniegdzie gołębnikami.

Cała okolica należała niegdyś do właściciela młyna. Tak było jeszcze zaraz po wojnie, z tym że nie był to już Niemiec, ale Polak. Ten, który wybudował młyn i dom dla robotników, uciekł z rodziną w czterdziestym piątym. Był dobrym człowiekiem, kochał żonę i dbał o swoich ludzi. Erna Krüger mówiła o tym z niezmąconą pewnością, mimo że nikt nie traktował jej słów poważnie.

— Stara kłamie — kwitowano po kątach. — Dla Niemry każdy Szwab jest dobry.

Nie poddawała się.

— Pan Mielke był naphawdę dobhy człowiek — powtarzała z uporem, jakby wierzyła, że któregoś dnia sąsiedzi zrozumieją, jak było naprawdę. Przestaną się dziwić, kiedy powie, że dolina nie zawsze była jej domem i że ona wcale nie jest tu obca. Przecież też się sprowadziła z Polski, tyle że trochę wcześniej. A to, że lepiej mówi się jej po niemiecku niż po polsku, nie jest jej winą. Gdyby tylko życie potoczyło się inaczej...

Pomyślała o tym, co wciąż wydawało się niedawne, zaledwie z roku trzydziestego szóstego. Jej mąż Hannie znalazł ten młyn jakoś tak pod jesień. Opowiadał potem, że gdyby nie anioły, to w życiu by tu nie trafił. To one mu powiedziały:

— Hannie, jesteś dobrym, pracowitym człowiekiem. Zasłużyłeś na lepsze życie i my ci w tym pomożemy. Zejdź z głównej drogi, wdrap się na wzgórze, a będziesz szczęśliwy!

I chłopak posłuchał. Zapuścił się na odludzie, na którym nigdy wcześniej nie był. Odnalazł młyn i jego właściciela. Ten nazywał się Klaus Mielke, co zresztą było uwidocznione na bramie zakładu. Traf chciał, że szukał człowieka do pracy. Hanniego przyjął natychmiast.

Erna podejrzewała, że ów łut szczęścia nie był zasługą ani jej męża, ani tym bardziej aniołów, lecz Arbeitsamtu, z którego jej ukochany otrzymał nakaz pracy.

Dla niej nie miało to jednak żadnego znaczenia. Wraz z robotą przydzielono im przecież mieszkanie z dwoma pokojami i najprawdziwszą łazienką. Taką, że nie musieli już biegać za potrzebą do wygódki na dworze. Radość Erny była tym większa, że widziała zadowolenie Hanniego. Pracował ciężko, ale robił to, co sprawiało mu przyjemność. Zwoził do młyna zboże od okolicznych gospodarzy i rozwoził mąkę po piekarniach. Do tego opiekował się końmi. Miał pod sobą parę gniadych holsztynów, znacznie piękniejszych niż pociągowce w jego rodzinnym Löblau, które w dodatku były lepiej ułożone. Prowadziło się je łatwo, prawie bez bata, i Erna była dumna, że Hannie potrafi z taką gracją manewrować nawet kopiasto załadowanym wozem.

Każdego popołudnia wypatrywała jego powrotu. Serce zaczynało bić żwawiej, kiedy daleko, we wcięciu na szczycie wzgórza, pojawiały się konie, ludzka postać i wreszcie pojazd. Wóz zsuwał się powoli ku młynowi, a Hanni powoził wyprostowany jak na defiladzie.

— Kochany, jesteś taki cudowny — zza firanki wzdychała Erna.

Potem zwinnie nakrywała do obiadu i czekała, aż Johannes pojawi się w progu. Kiedy przychodził, całował ją i szybko mył ręce. Zasiadali do stołu, wreszcie mogła nasycić się jego widokiem. Od rana czekała na moment, w którym będzie mogła poczuć, że jest szczęśliwą kobietą. Miała przecież wyjątkowego mężczyznę, niepodobnego do reszty chłopów pracujących w młynie.

W tym, co myślała, było sporo prawdy. Hannie nie palił, nie przeklinał, pił umiarkowanie. Nie kłócił się też o pieniądze. Co zarobił, oddawał Ernie. Miała więc powody, by mówić, że jej mąż jest prawie ideałem. Owo „prawie" oznaczało, że się mu nie spieszy, by mieć własne dzieci.

— Jak przyjdzie pora, będą i bachorki — uspokajał żonę. — Cała zgraja rozkrzyczanych Krügerków. Ale przedtem muszę znaleźć lepszą pracę i mieszkanie bliżej miasta. Sama widzisz, że stąd wszędzie daleko.

Erna wiedziała, że to tylko wymówki. Starała się wprawdzie zrozumieć Hanniego, ale przychodziło jej to z coraz większym trudem. Nie mogła pogodzić się z myślą, że być może nigdy nie doświadczy uroków macierzyństwa.

Kiedy przychodziła niedziela, wybaczała mężowi wszystko. Tego dnia, po kościele, jechali do rodziców Erny i Hannie zmieniał się w amanta z kawalerskich czasów. Zakładał *ancug*, pakował gdańskie papierosy i butelkę wódki.

Do stacji w Brentau był spory kawałek, więc idąc na przełaj, zawsze zdążył nazbierać kwiatów.

— To dla teściowej — mówił rozbawiony. — Niech wie, że ma dobrego zięcia. A tobie, słoneczko, też nazrywam, tyle że później, jak wrócimy. Szkoda, żeby zwiędły.

Nie robiła sobie nic z czczego gadania. Wystarczyło jej, że matka będzie zadowolona.

Z Brentau do domu rodziców nie mieli daleko — zaledwie kilka przystanków, tyle że przedzielonych granicą.

Wsiadali do pociągu we Freie Stadt Danzig, wysiadali w Polsce. Od stacji szli dwa kilometry wzdłuż miedzy, nastawiając się zawczasu, że na miejscu spotkają się nie tylko z rodzicami. Jak Amen w pacierzu było pewne, że czeka tam już chmara krewnych, z którymi powinowactwa nie próbowali nawet ustalić. Zwłaszcza Hannie. Za każdym razem docinał żonie, mówiąc, że ci wszyscy Formellowie, Konkolowie i Hinzowie urodzili się tylko po to, by się ze sobą krzyżować. Na dobrą sprawę kojarzył jedynie rodzeństwo teściowej — wuja Alojzego i ciotki: Monikę, Waleskę i Trudę, przyjeżdżających, jakże by inaczej, z czeredą dzieci.

Spotkania u teściów miały swój rytuał. Najpierw był obiad, po nim kawa, a wszystko okraszone gwarem podnieconych rozmów. Słowa polskie i niemieckie lepiły się w twardej kaszubskiej mowie.

Popołudnie sączyło się z podziałem na z góry ustalone role — kobiety krzątały się w kuchni, mężczyźni grali namiętnie w skata, zaliczając na przemian kolejki czystej i jałowcowej. Ich posiedzenia przeciągały się do późna, więc Krügerowie z ledwością załapywali się na ostatni pociąg. Od stacji Hannie szedł wolniej niż rankiem i to bynajmniej nie dlatego, że zbierał obiecane kwiaty. Zmagał się z uciążliwą miękkością nóg. Jego tyczkowata sylwetka kolebała się na boki, a wraz z nią koszyk, w którym dźwigał przywiezione ze wsi wiktuały — ser, masło, jajka, czasem coś z drobiu.

Ze wszystkich wspólnych wyjazdów Erna najlepiej zapamiętała ten ostatni, już w czasie wojny. Hanniego właśnie powołano do wojska, więc przed pójściem do koszar chciał się ze wszystkimi pożegnać. Jednego dnia odwiedził rodziców w Löblau, a następnego pojechał z Erną do teściów. Zastali ich w grobowym nastroju i to bynajmniej nie z powodu wyjazdu Hanniego. Kilka dni wcześniej gestapo zabrało wuja Alojzego do jakiegoś lagru, bodajże na Żuławach.

— Stutthof — matka Erny odczytała nazwę z urzędowego zawiadomienia.

Rodzice siedzieli za stołem poważni, zamyśleni, aż wreszcie ojciec kazał wszystkim, z wyjątkiem Hanniego, opuścić izbę. Zamknęli się w dwójkę i rozmawiali o czymś podniesionymi głosami.

— Twój *stark* nie był zadowolony, że idę do Wehrmachtu — zdradził Hannie w noc przed wyjazdem.

Erna nie odpowiedziała.

— Czy on naprawdę nie rozumie, że nie mogę inaczej? Dostałem wezwanie!

Leżeli w łóżku wyczerpani długim kochaniem się. Patrzyli w sufit, jakby jego biel mogła im dać ukojenie.

Erna obróciła się na bok i położyła rękę na piersi męża. Chciała zapamiętać kształt ciała, dotyk rozgrzanej skóry, ostry męski zapach.

Hannie odszukał jej dłoń.

— Przysięgam, że wrócę najszybciej, jak tylko będę mógł — wyszeptał.

W jego głosie była pewność, która stłumiła przejmujący Ernę niepokój.

„Skoro powiedział, że wróci, to na pewno tak będzie" — przekonywała się w myślach i nie zawiodła się.

Hannie przyjechał, robiąc przy okazji nie lada niespodziankę. Zakradł się do mieszkania i zanim żona zorientowała się, że jest obok, zasłonił jej oczy. Trzymając palce na powiekach, trząsł się ze śmiechu. Gdy je odsunął, Erna zobaczyła przystojnego mężczyznę w mundurze feldgrau.

— Hannie? To ty? — wydusiła z niedowierzaniem.

Żołnierz pokręcił przecząco głową.

— Nie skarbie, to już nie twój Hannie. Teraz jestem gefreiter Johannes Krüger z 60. Dywizji Piechoty.

Rozpromieniła się. Mężczyzna, który do niej przyszedł, był jeszcze bardziej czarujący niż ten, który odszedł do wojska. W domu był wprawdzie przez tydzień, ale nie potrafił znaleźć sobie w nim miejsca. Kręcił się po obejściu, pomagał przy koniach, zaglądał do młyna. Na początku wydawał się chłopięco beztroski, lecz pod koniec urlopu zrobił się całkiem nieswój. Oczywiście, Erna to zauważyła. Ostatniego wieczoru, kiedy siedział w kuchni, podeszła do niego i przytuliła do piersi.

— Martwisz się, prawda? — pogładziła męża po głowie.

— Nie, kochanie, to nie tak — westchnął. — Żal tylko zostawiać to wszystko...

— Ale przecież wojna skończy się niedługo. Znowu będziemy razem.

Przyłożył usta do dłoni żony.

— Daleko cię wysyłają? — nie dała mu spokoju.

— Tego nikt nie wie. Może pojadę do Francji, a może do Rosji... Zresztą, jakie to ma znaczenie? Przecież gdziekolwiek będę, napiszę na pewno.

List od Hanniego przyszedł w sierpniu. Pisał, że jego jednostkę przerzucono na front wschodni. Siedzi teraz w stepie, ale nie narzeka. Gdzieś przed nimi jest Wołga i miasto Stalingrad. Wystarczy je zdobyć, a wtedy, jak mówią dowódcy, wojna pójdzie już z górki, bo droga na Kaukaz będzie stała otworem.

Drugi raz napisał jesienią. Był już w mieście, ale walki wciąż się toczyły. Rosjanie nie chcieli ustąpić. Między słowami dało się wyczuć zmęczenie, może nawet złość, że nie jest tak, jak mu obiecywano. Chciał wrócić do niej i do doliny, ale mógł to zrobić wyłącznie w myślach. Tylko marzenia dawały mu radość pośrodku morza gruzów.

Erna czytała ten list tysiące razy. Składała, rozkładała, nosiła przy sobie. Nie mogła doczekać się następnego. Ten jednak nie przyszedł. Dlaczego — zrozumiała dopiero, gdy władze ogłosiły trzydniową żałobę. Stalingrad został odbity przez bolszewików.

Potem padło wszystko po kolei: Afryka, Sycylia, Normandia. Od Wschodu rozpędzał się sowiecki walec. Armia Czerwona brała krwawy odwet. Zajęła Charków, Mińsk, stanęła na Wiśle. W styczniu czterdziestego piątego ruszyła z nową ofensywą.

— Jak tak dalej pójdzie, trzeba będzie się zbierać — stwierdził któregoś dnia pan Mielke.

Powiedział to jakby od niechcenia, ale Erna wiedziała, że niedługo już go tu nie będzie. Nie pomyliła się. Wytrwał do połowy stycznia, po czym zapakował rodzinę i dobytek na wozy, i odjechał na zachód.

— Możesz zabrać się z nami — proponował przed rozstaniem, lecz Erna odmówiła.

Nie mogła wyjechać, bo co to by było, gdyby odeszła, a Hannie powrócił? Przecież nie dostała powiadomienia o śmierci, więc na pewno wzięto go do niewoli. Wcześniej czy później zostanie z niej zwolniony, a wtedy ją odnajdzie...

W ślad za panem Mielke poszli inni — wdowa Meyer z wnukami, rodziny Loske i Geier, nawet staruszek Raczinski, którego dni wydawały się policzone.

Erna została w dolinie sama, zastanawiając się, czy dobrze zrobiła. Krążyła między młynem a domem, zachodziła do sadu. Miała wrażenie, że od dnia, w którym odszedł Mielke i cała reszta, w okolicy jest coraz głośniej. Wsłuchiwała się w tężejące pomrukiwanie dział i jakby chcąc się utwierdzić, że to, co słyszy, jest prawdą, mówiła do siebie:

— Matko Boska! Znowu strzelają!

Bała się, co zrobią bolszewicy, kiedy już przyjdą. Tyle przecież mówiło się o Nemmersdorf. Zgwałcone kobiety, zabite dzieci. Rzeczy nie do wyobrażenia.

W końcu nie wytrzymała. Przeniosła się do rodziców, choć po drodze ostrzegano ją, że powinna uciekać w drugą stronę, do portu.

— Tylko statkiem można się stąd wydostać — słyszała, ale nic nie tłumaczyła. Szła pod prąd.

Rosjanie pojawili się w marcu. Ich czołgi wtoczyły się między wiejskie chałupy. Sołdaci biegali od jednego domu do drugiego, szukając kobiet, zegarków i złota. Erny ani jej matki nie znaleźli. Zawczasu schowały się w drewutni, w skrytce przygotowanej przez ojca. On został w domu. Wywiesił przed wejściem biało-czerwoną flagę, częstował Ruskich kiełbasą i samogonem. Opróżnili spiżarnię, ale po trzech dniach poszli zdobywać Gdańsk.

Z daleka było widać, że miasto dogorywa. Niebo zasnuwały kłęby czarnego dymu, w nocy unosiła się łuna. Przed każdym szturmem strzały przybierały na sile, a kiedy atak się kończył, robiło się ciszej.

Padły kolejne dzielnice aż po Główne Miasto.

Dla Erny ważne było tylko, że będzie mogła wrócić do domu.

— *Pùdzesz, ale ze Stachã* — zadecydował ojciec.

Nie protestowała. Wyruszyła z bratem, gdy na dworze zrobiło się cieplej. Pierwsze, co zobaczyła, schodząc do doliny, to jabłonki. Bieliły się w sadzie. Przy nich dom i młyn, które tu i ówdzie miały ślady po pociskach. Ucieszyła się, bo żeby znowu mieszkać u siebie, wystarczyło posprzątać. Nie ociągała się z tym. Ogarnęła dom, czekając potem cierpliwie na to, co się wydarzy.

Nie trwało to długo. Któregoś dnia, poprzez niesiony wiatrem obłok jabłoniowych płatków, zobaczyła dwoje ludzi, kobietę i mężczyznę, idących w stronę sadu.

Ciągnęli wózek, przykryty plandeką i opasany sznurem, na którym siedziało sześcio-, może siedmioletnie dziecko.

Erna wyszła im naprzeciw.

— *Guten Morgen* — odezwała się pierwsza.

Przybysze milczeli, w oczach widać było niechęć. Dopiero gdy powiedziała: *„Bòże pòmagôj!"*, ich twarze nabrały wyrazu głębokiego zdziwienia.

— Mówi jakby po naszemu — powiedziała półgębkiem kobieta.

Jej towarzysz podrapał się po głowie, przekrzywiając przez przypadek czapkę.

— Eee, wydaje ci się — burknął.

Erna uśmiechnęła się lekko.

— *Jô jem Kaszëbka* — wskazała na siebie palcem.

Oczy rozbłysły nadzieją, że nieznajomi przestaną patrzeć nieufnie, ale nic się nie zmieniło.

— Kaszebka to taka Niemra — wytłumaczyli sobie po cichu, po czym powiedzieli stanowczo, że przyszli tutaj, bo będą mieszkać w domu przy młynie.

Erna milczała. Nie mogła tylko zrozumieć, jak to możliwe, że obcy ludzie pakują się do nie swoich mieszkań, i co na to powiedzą pan Mielke i reszta lokatorów?

Odstąpiła na bok, a ludzie z wózkiem poszli w stronę podwórka. Zaglądali do wszystkich mieszkań, szukając tego, które spodoba im się najbardziej. Wybrali lokal po biednej Frau Meyer.

Z początku Erna była nawet zadowolona, że do doliny sprowadzili się nowi mieszkańcy. Wydawało się jej, że będzie bezpieczniejsza. Przecież brat Stachu tylko ją odprowadził i wrócił do rodziców, tymczasem wokół wcale nie było spokojnie. Po okolicy kręciły się podejrzane typy, przychodziły nocą, rabowały. Miała na nich przygotowany toporek, choć nie bardzo wierzyła, że zdoła się nim obronić.

Z każdym dniem świat zmieniał się jednak na lepsze. Uruchomiono młyn, dolina ożyła. Właścicielem zakładu został teraz człowiek, którego Erna pamiętała z dawnych czasów. Widziała nieraz, jak przyjeżdżał, rozmawiał z panem Mielke. Próbowała mu o tym przypomnieć, ale on zapewniał, że to musi być pomyłka. Radził, żeby nie wygadywała bzdur, bo w przeciwnym razie on powie milicji, gdzie służył jej Hannie. Wtedy wyrzucą ją stąd na pewno. Póki co mogła zostać na starych śmieciach, ale w zamian miała gotować obiady i sprzątać w kantorku.

Ze swoich obowiązków Erna wywiązywała się posłusznie. Robiła przecież to samo co dla pana Mielke. Chwilami miała wręcz wrażenie, że jest jak przed wojną. Do pełni szczęścia brakowało tylko Hanniego. Zamiast niego worki z mąką rozwoził człowiek, którego nazwiska nie potrafiła wymówić.

— Jahczisin... Jancisin... Jakisin — męczyła się.

— Janczyszyn — mężczyzna poprawiał ją z uśmiechem. — Józef Janczyszyn, jeszcze się pani nauczy!

Z wyglądu zupełnie nie przypominał jej męża. Był gruby, z dużym brzuchem i krótkimi, pałąkowatymi nogami, które przy każdym kroku wprawiały jego korpus w zabawne kołysanie. Miał jowialną twarz i dlatego wydawał się znacznie sympatyczniejszy niż inni pracownicy. Tamci nie przebierali w słowach.

— A wy czemu jeszcze nie wyjechaliście? — dopytywali złośliwie. — Won do Niemiec! Hitler kaputt, możecie już wracać!

Starała się im odcinać, a wtedy oni śmiali się do rozpuku. Bawiło ich, że Krügerowa nie potrafi sklecić dwóch zdań po polsku. Erna machała na to ręką i zamykała się w domu. Szkoda jej było nerwów. Już dość miała je zszargane, gdy otrzymała pismo z Deutsches Rotes Kreutz. Centrala w Niemczech informowała z przykrością, że mąż Erny Krüger, Johannes, zmarł czwartego maja tysiąc dziewięćset pięćdziesiątego pierwszego roku w obozie dla jeńców i tam też został pochowany. Dalej wymieniano nazwę miejscowości, która, jak większość nazw w Rosji, miała w sobie żar rewolucji październikowej. Nie sposób było odnaleźć ją na mapie.

Po tym liście Erna długo nie mogła dojść do siebie. Przez jedną kartkę rozsypały się wszystkie jej nadzieje. To dla Hanniego przecież pracowała, modliła się, czekała, bo pewnego dnia miał w końcu wrócić. Wciąż jeszcze mogli zacząć od początku. Jeśli nie tu, to w Niemczech, gdzie nikt ich nie znał i nie będzie wypominał, że mają się wynosić.

Najbliżsi pocieszali ją, jak mogli. Radzili, żeby znalazła sobie chłopa. Mówili, że nie ona jedna straciła męża, ale nad wieloma wdowami miała przewagę: wciąż była ładna i względnie młoda.

Wpatrując się w lustro, szukała potwierdzenia.

„Kasztanowe włosy, zielone oczy, dość duże usta, to się może podobać — przyznawała. — Zmarszczki już niekoniecznie. Do tego ta blada skóra".

Nie zamierzała się zmuszać, by być piękną dla nie wiadomo kogo. Jeździć do rodziców, szukać starszych od siebie wdowców albo młodych chłopaczków, żeby im potem matkować. Wolała czekać na zrządzenie losu, który sam ją odnajdzie na tym odludziu.

Tak naprawdę do szczęścia wystarczało jej to, co miała: mieszkanie i praca. No i własne koty. Tylko na nie mogła zawsze liczyć. Pocieszała się półżartem, że koty mają wszystkie samotne kobiety, bo każdy potrzebuje kogoś, z kim będzie mógł porozmawiać i o niego się troszczyć. Nawet jeśli jest to tylko zwierzę.

Codziennie wystawiała przed dom metalowe miski i kładła do nich mięso albo ryby, nalewała mleka.

— To dla Czahusia, to dla Buhaska — dzieliła po równo.

Wystarczyło zawołać „kici, kici", a natychmiast wychodziły ze swoich kryjówek. Szare, wyliniałe, nierzadko z przetrąconymi łapkami.

Sąsiadom nie podobało się, że Krügerowa dokarmia kocury pod ich oknami. Ostrzegali, że jeśli nie przestanie, to pozabijają sierściuchy.

— Ale dlaczegho? — zastanawiała się Erna.

— Bo wszędzie brudzą! — odpowiadano wściekle.

Zła była na to głupie gadanie. Wiedziała doskonale, że koty w młynie zawsze są potrzebne. Bez nich rozplenią się myszy, będą wielkie straty. Pan Mielke trzymał co najmniej trzy koty i często powtarzał, że kto jak kto, ale one na pewno zapracują na miskę zupy.

Pana Mielke jednak dawno już nie było. Nie było też człowieka, który przejął młyn po nim. Przegnał go socjalizm.

Dopóki w kraju są prywaciarze i spekulanci, nie będzie sprawiedliwości społecznej — przekonywała Partia. Wtórowały jej „Głos Wybrzeża" i „Trybuna Ludu".

Młyn przejęła więc Gminna Spółdzielnia, ale tylko na dwa lata. Potem na drzwiach pojawiła się tabliczka, że zakład jest zamknięty, a wstęp wzbroniony. W dowód zaufania pilnowanie spółdzielczego majątku powierzono obywatelce Ernie Krüger.

Dziwna to była praca — patrzeć całymi latami jak młyn się rozpada. Nikt o niego nie dbał, nie naprawiał usterek. Drewniana konstrukcja coraz słabiej opierała się śniegom i deszczom, które z całą siłą atakowały mury. Najpierw zapadł się dach i posypały się belki. Potem mury zaczęły się wybrzuszać, strącając do wody poluźnione cegły.

Erna wiele razy prosiła spółdzielnię, żeby zainteresowała się młynem, coś z nim zrobiła. Tłumaczono jej zawsze: „brakuje pieniędzy". W końcu jednak jej posłuchano. Przed młynem pojawiła się tablica: „Obiekt do rozbiórki".

Taką samą przybito wkrótce do domu, w którym mieszkała. Zastanawiała się dlaczego, chociaż odpowiedź znała doskonale.

Tablica pojawiła się zaraz po wizycie człowieka z Miejskiej Rady Narodowej. W wiosennym płaszczyku, kapeluszu i z wymiętą aktówką wszedł bez pytania do pokoju. Odsunął krzesło i zajął miejsce, które mimo zawiadomienia o śmierci Hanniego, nadal na niego czekało.

— Napije się pan hebhaty? — zaproponowała.

— Nie, pani kochana. Mam za dużo roboty.

Wyjął z teczki kartkę z czerwonymi stemplami i wyprostował ją. Grube maszynowe pismo, adresowane do „Ob. Erna Krüger", zdradzało, że sprawa jest poważna.

— Mam dla was dobrą wiadomość — mężczyzna odezwał się z przesadną atencją. — Dostaliście mieszkanie!

— A na co mi mieszkhanie? Tu mi je dobrze!

— Może i jest wam dobrze, ale ten dom zostanie rozebrany! Młyn się rozleciał, chałupa też ledwie stoi. Nareszcie będziecie żyć jak normalni ludzie.

— Kiedy tu jest gut — zapewniła.

— Ale wy jesteście uparta, Krügerowa! Nie widzicie, że osiedle budujemy? Niedługo i tu zaczniemy stawiać bloki. Ale nie przejmujcie się! Przygotowaliśmy dla was ładne mieszkanko. Czwarte piętro w bloku na Zaspie. Na pewno się spodoba. Będziecie mieli dwa kroki do morza. Na spacerki zaczniecie chodzić... Podpiszcie tylko. Za miesiąc przeprowadzka.

Nieprzywykłą do pisania ręką skreśliła własne nazwisko. Nie było już odwrotu od tego, co i tak było nieuniknione.

Dopiero po wizycie urzędnika zauważyła, że przybywa bloków wokół doliny. Wcześniej nie zastanawiała się, skąd ich tyle i dlaczego akurat tutaj. Szare, betonowe wieże wychylały się zza wzgórz, upewniając się, czy mogą iść naprzód. Za dnia błyskały odbitym w szybach słońcem, wieczorami świeciły modro kineskopami telewizorów. Wyczekiwały cierpliwie, aż młyn i domek przestaną się im opierać.

Trwało to zaledwie cztery krótkie tygodnie. Minęła niedziela, nadszedł poniedziałek, o którym Erna wiedziała, że jest tym dniem ostatnim. Wstała z samego rana, ubrała się i poszła do młyna. Stanęła nad zastawką, gotowa skoczyć na dno biegnącego przy niej koryta. Nic nie było w stanie jej powstrzymać. A jednak zrezygnowała, nie godząc się, by obcy ludzie decydowali za nią, gdzie ma być pochowana. Chciała wziąć w swoje ręce chociaż tę jedną sprawę. Wróciła się do domu, żeby spisać ostatnią wolę, ale pośród przygotowanych do wywiezienia rzeczy nie znalazła ani kartki, ani ołówka.

O życiu lub nieżyciu zadecydowała przeprowadzka. Okrutny żart.

Otworzyła okno i wyrzuciła za parapet muchę razem z pajęczyną. Dla nich też nie było już tu miejsca. Ledwie przekręciła za nimi klamkę, a na podwórko zajechały dwie zdezelowane ciężarówki. Wysiedli z nich mężczyźni w pikowanych waciakach. Byli brudni, zarośnięci, śmierdzieli wódką.

— No, mateńko, to co mamy zabierać? — zapytali.

Erna rozejrzała się po mieszkaniu. Wszystko w nim było takie niewyszukane, pospolite i tandetne, kupowane od handlarzy z Müggau lub Emaus, nigdy zaś na Kohlenmarkt w Gdańsku.

— To... — wskazała na krzesła.

— To... — okrągły stół.

— To... — drewniane łóżko.

— I jeszcze to... — naczynia spakowane w skrzynkę po kartoflach.

Mężczyźni wzięli się do roboty. Kursowali między mieszkaniem a samochodami, wynosząc kolejne meble, skrzynki, paczki. Erna nie pilnowała ich. Pustoszały kolejne pomieszczenia, a ona stała pośrodku mieszkania, przyglądając się jasnym plamom po zabieranych lustrach i obrazach. Na swój sposób wyglądała nawet komicznie. W niemodnym płaszczu, poliestrowej chustce, z przewieszoną przez ramię torebką i doniczką pelargonii, która otulona słońcem różowiała jaskrawo.

— No, mateńko, to chyba mamy już wszystko — stwierdzili mężczyźni po godzinie pracy. — Zbieramy się, zbieramy, bo fajrant nas goni.

— *Jo, jo. Ju jidä* — Erna odezwała się bardziej do siebie niż do człowieka w waciaku.

Wyszła z mieszkania, zamknęła za sobą drzwi, przekręciła klucz w zamku. Nie wyjęła go jednak. Gdy wsiadała do ciężarówki, złotawy metal błyszczał niemrawo.

Odjechała, nie odwracając głowy. Postanowiła, że nie będzie sentymentalna. Co było, to było i niech tak zostanie. Nie potrafiła wyobrazić sobie, że wszystko, co dotąd było jej życiem, zniknie w kilka dni. Dla prawdziwego życia nie miało to, oczywiście, najmniejszego znaczenia. Robotnicy szybko uwinęli się z rozbiórką. Mury zamienili w gruzy, składając pomiędzy nimi zerwane deski i meble, o które nikt się nie upomniał. Mniejsze kawałki drewna i śmieci poszły do ogniska.

Odpoczywali przy nim w przerwach przy wyburzaniu. Szary dym osnuwał zgarbione sylwetki. Wsparci o łopaty patrzyli na wodę.

— Przydałaby się taka działeczka, co Czesiu? — zachwycił się któryś z robotników. — Taka z domeczkiem, stawkiem, żeby rybek można było nałapać

Jego kompan był podobnego zdania:

— Ano, przydałaby się. Przydała.

Dama z „Neckermanna"

D om Wesołowskich stał pośrodku wsi, przy drodze powiatowej. Z daleka wyglądał jak fort w zamorskiej kolonii, który wzniesiono dla obrony przed tubylcami. Masywny, podcieniowy, wsparty na ośmiu słupach. Pomimo swoich dwustu pięćdziesięciu lat twardo opierał się miejscowym, którzy łakomym okiem patrzyli na jego drewnianą konstrukcję. Na Żuławach zawsze były problemy z opałem, tymczasem chałupa Wesołowskich miała tyle desek i krokwi, że starczyłoby na palenie w piecu przez niejedną zimę. Sęk w tym, że właściciele robili wszystko, by się nie rozsypał. Łatali dach, przybijali poluźnione deski, tępili robactwo, które tu i ówdzie wżerało się w drewno. To pokazywało wyraźnie, że nie zamierzają pójść w ślady swoich byłych współlokatorów i nie przeprowadzą się do mieszkania przy pegeerze.

Z tego właśnie powodu we wsi patrzono na Wesołowskich nieco podejrzliwie. On był przecież inżynierem i stać go było nie tylko na lokal w bloku, ale nawet na pobudowanie solidnego domu. Z niewiadomych jednak powodów wolał remontować rozpadającą się ruderę. Jakby tego było mało, ściągał do niej nikomu niepotrzebne klamoty — resztki menonickich nagrobków i sprzętów z czasów Hitlera, które innym zawadzały w stodołach czy oborach. Było to na tyle dziwne, że co jakiś czas do sprawy podchodzono urzędowo. A to milicjanci przychodzili sprawdzić, czy Wesołowscy nie ukrywają — jak to nazywano — dzieł sztuki bezcennych dla kultury narodowej. To znowu wpadł przewodniczący Gminnej Rady Narodowej, by przekonywać, że lepiej by było, gdyby zrzekli się chałupy.

— Co PGR, to PGR, panie inżynierze — zachęcał przewodniczący. — Nie trzeba się martwić ani o wodę, ani o opał i generalnie jest raźniej, kiedy się mieszka między ludźmi.

Wesołowskiego takie tłumaczenia nie przekonywały. Wolał razem z żoną żyć po swojemu, w rozpadającym się domu. Zwłaszcza od momentu, gdy złożył im wizytę gość z zagranicy.

Jego przybycie oznajmiło pewnego jesiennego dnia kołatanie do drzwi. Pukanie już samo w sobie było rzeczą niezwyczajną, bo ludzie ze wsi, wchodząc do domu Wesołowskich, nie mieli w zwyczaju tego robić. Wyrastali nagle. W pokoju, w kuchni, bywało że w sypialni, nie krępując się żadną sytuacją, w jakiej zastali gospodarzy.

Stukanie, z początku delikatne i taktowne, nasiliło się, aż wreszcie przeszło w klepanie otwartą dłonią.

Wesołowski rzucił usmarowaną gipsem szpachelkę i zapominając o swoim wydatnym brzuszku, podbiegł do wejścia. Przed domem zobaczył kobietę, a właściwie jej lekko przygarbione plecy. Odchodziła w stronę białego poloneza, o którego opierał się znudzony taksówkarz. Musiała usłyszeć skrzypnięcie otwieranych drzwi, bo się odwróciła.

— Dżen dobry — powiedziała łamaną polszczyzną, wystawiając przy tym rząd porcelanowych zębów.

Nie trzeba było zbytniej bystrości, by się zorientować, że ma się do czynienia z Niemką. Kobieta nosiła charakterystyczne druciane okulary, a gładka cera nie pozwalała odgadnąć, w jakim dokładnie jest wieku. W żorżetowym, dokładnie przylegającym do ciała kostiumie wyglądała niczym postać wyjęta żywcem z katalogu „Neckermanna".

— *Sprechen Sie Deutsch?* — odezwała się z nadzieją w głosie.

— *Ja. Bißchen* — odpowiedział Wesołowski i poczuł, że zimny pot zaczyna mu łaskotać skronie.

Z tym niemieckim to nie do końca była prawda. Owszem, w technikum uczył się trochę języka, ale w zasadzie opanował go tylko na tyle, że potrafił wskazać drogę snującym się po Gdańsku emerytom z Reichu.

Uradowana kobieta z dystynkcją prawdziwej damy sięgnęła do torebki. Wyjęła biało-czarne fotografie i zaczęła tłumaczyć, że nazywa się Ingrid Steinke, że ten dom był kiedyś domem jej rodziców, którzy nazywali się Gutjahr, a dla niej jest to wyjątkowe miejsce, bo tu się urodziła.

— Sztare dżeje — podsumowała, choć jednocześnie zapytała, czy może zobaczyć wnętrze.

Inżynier zmieszał się. Wizyta Heimat-lady, jak ją po cichu nazwał, co prawda w niczym mu nie przeszkadzała, jednak nie chciał, by kobieta zobaczyła panujący w środku nieład. Zerknął za siebie, w mrok sieni, gdzie tego dnia rano przeklinał elektryków za to, że nie podłączyli instalacji do sieci. Teraz jednak przyszło mu błogosławić ich opieszałość. Pomyślał, że po ciemku zagracone pomieszczenie nie będzie aż tak raziło. I tu akurat się pomylił.

Kiedy Niemka przekroczyła próg domu, natychmiast ogarnęło ją przerażenie. Zimą czterdziestego piątego roku Gutjahrowie zostawili chałupę w idealnym porządku. Wprawdzie inwentarz był już wybity co do sztuki, ale pasza, maszyny i cała reszta pozostały nieruszone. W każdej chwili można było na nowo uruchomić gospodarstwo.

Stojąc w zdewastowanym wnętrzu, trzeba było nie lada wyobraźni, by przywołać jego niegdysiejszą świetność. Dom zresztą prezentował się jeszcze jako tako, ale reszta gospodarstwa straszyła zapuszczonymi budynkami i obejściem przypominającym zbiór udzielnych księstewek. Ich granice wyznaczały płoty między oborą a stodołą, między spichlerzem a chałupą. Oficynkę dla służby odgradzał wysoki parkan. Poszczególne włości zaznaczono także w powietrzu — linkami do suszenia prania. Czy to lato, czy zima, wisiały na nich barchanowe gacie, podkoszulki i staniki zadziwiających nieraz rozmiarów.

Starsza pani nie potrafiła pojąć tego bałaganu, którego dopełnieniem były kaczki i gęsi srające na podwórku. W czasach, kiedy tu mieszkała, takie rzeczy były nie do pomyślenia! Mimo to ogarnęło ją wzruszenie. W oczach pojawiły się łzy, zaparowały szkła okularów. Wesołowski nie dziwił się tym emocjom. Byłby raczej zaskoczony, gdyby Niemka zareagowała inaczej.

Przechodząc przez kolejne pomieszczenia, powtarzała niczym mantrę wołanie do Wszechmogącego: *Mein Gott*, nasz salon! *Mein Gott*, nasza sypialnia! *Mein Gott*, nasza kuchnia! Przy każdym kroku pochlipywała.

Podążali więc razem po zdewastowanych zakamarkach, choć w różnych kierunkach. On zbliżał się do końca wycieczki, ona — do początków swojego życia. Kiedy zatoczyli kółko i znaleźli się w sieni, Wesołowski zaproponował kawę („Kaffe" było jedynym słowem, które wypowiedział z prawidłowym akcentem). Niemka odmówiła, ale i tak usiedli przy wejściu na zbitej byle jak ławie.

— Herr Wesolowski... — kobieta wytarła wilgotne oczy — jesteś naprawdę dobrym człowiekiem.

Chcąc się uspokoić, wzięła głęboki oddech i połknęła wyjętą z torebki pastylkę.

— Cзęszko patrzeć, jak to wszysztko szę rozpada — przyznała smętnie.

Wesołowski pokiwał głową, co Steinke odebrała jako pozwolenie na wylewanie wszelkich żalów. Mówiła więc, że bardzo przeżywa to spotkanie, bo widzi, że dorobek tylu pokoleń Gutjahrów rozsypuje się w proch.

Nawet ten dom. Ona wie, że Herr Wesolowski bardzo się stara i robi, co tylko może, by uratować rodowe siedlisko, ale nie wierzy, że to się uda. Na remont potrzeba wiele tysięcy marek, których, rzecz jasna, ona nie ma, więc wcześniej czy później chałupa obróci się w nicość. Nie chce tego widzieć, dlatego nigdy więcej tu nie przyjedzie. Chciałaby jednak pomóc, a jedyny sposób, jaki zna, to zdradzenie tajemnicy skarbu. Tak, tak. W tym gospodarstwie został ukryty skarb — srebrne sztućce i patery, serwisy z najlepszej porcelany, do tego kolekcja cennych znaczków ojca. Czego rodzice nie mogli ewakuować, zanieśli do oficynki dla służby i ukryli na piętrze, między sufitem a podłogą. Zanim na nowo przybili deski, przykryli wszystko pięknymi kobiercami. Ten skarb chyba przetrwał, bo oficynka, w przeciwieństwie do domu, wygląda na nienaruszoną.

Papa Gutjahr miał nosa, że zrobił kryjówkę w domu pracowników — ciągnęła po niemiecku. Domyślał się, że jeśli tu przyjdą ci ze Wschodu, to będą szukać przede wszystkim w tej dużej chałupie. Steinke mówiła tyle o skarbie, bo chciałaby, żeby Wesołowski miał z niego pożytek. Rzeczy sprzedał, a za otrzymane pieniądze, remontował dalej. Poprosiła tylko, żeby odesłać jej papiery. W skrytce było bowiem trochę rodzinnych dokumentów. Dla miejscowych nadają się one co najwyżej do rozpalenia w piecu, zaś dla niej są bezcenne.

Podała inżynierowi karteczkę ze swoim adresem i numerem telefonu, po czym wyszła, żegnając się na progu twardym: „Do widżenia".

Wesołowski przez dłuższą chwilę opierał się o ścianę. Musiał ochłonąć ze zdziwienia, które tego dnia ogarnęło go po raz wtóry. Myśli galopowały niczym dżokeje na Wielkiej Pardubickiej. Nie nadążał za nimi. Nie był też w stanie wrócić do przerwanej roboty.

W takich momentach zawsze liczył na żonę, ale Ewy jeszcze nie było. Z regularnością rasowej biuralistki przyjeżdżała o 16.30 autobusem z Pruszcza Gdańskiego.

Pospiesznie wciągnął bluzę — nie zauważając, że jest na lewą stronę — i pomaszerował na przystanek PKS-u. Na szczęście, nie czekał długo. Gdy autobus wtoczył się do zatoczki i Ewa wysiadła, chwycił ją pod ramię i zaczął relacjonować wizytę starszej pani. Ekscytacja błyskawicznie udzieliła się żonie Wesołowskiego, co widać było po zasobie słownictwa, który skurczył się do słów: „naprawdę?", „nie, niemożliwe! „żartujesz!".

Podnieceni małżonkowie nie mogli się opanować również w domu. Inżynier kręcił się z kąta w kąt z rozpalonym czołem. Raz po raz wskazywał tranzystorowe radio, z którego generał Jaruzelski zapewniał, że reformy idą we właściwym kierunku, i wtórował mu z niezachwianą pewnością:

— Słyszysz, Ewka? Jeszcze będzie dobrze! Jeszcze się odkujemy!

Był to jedyny raz, gdy zgadzał się w pełni z samodzierżawcą Wojciechem Pierwszym.

Skarb nie dawał spokoju Wesołowskim przez następne dni. Przy śniadaniu, kolacji i w łóżku zastanawiali się nad tym, co powiedziała Ingrid Steinke. Jej historia była wszak empirycznie sprawdzalna. Wystarczyło tylko dostać się do oficynki i oderwać deski podłogi. Przeszkodą w realizacji planu byli jednak Maciejowie.

Na Żuławy trafili z Kieleckiego. Chlubiący się kresowym rodowodem Wesołowski, żartował niezmiennie, że Maciejowie przyjechali ze Szkieletczyzny. Na ojcowiźnie mieli tyle ziemi, co w doniczce, i dopiero w pegeerze rozwinęli skrzydła. Za dnia jeździli na traktorach, wieczorami pili w kameralnym gronie. Nie utrzymywali z nikim bliższych kontaktów, o czym świadczył wysoki parkan, za którym prowadzili trudne do podglądnięcia życie.

Żeby dostać się do domostwa sąsiadów, Wesołowscy przygotowali misterny plan. Pierwszym krokiem było w nim oswojenie Maciejów. Ewa, niby przypadkowo, coraz częściej wpadała na sąsiadkę — w sklepie, na przystanku, w drodze do kościoła. Kłaniała się i zagadywała o zdrowie albo o pogodę. Pożyczyła — zupełnie nieproszona — po kilogramie mąki i cukru i powiedziała, że poczeka na zwrot do następnego miesiąca, aż w zakładzie wydadzą nowe kartki. Nim jednak miesiąc minął, sprawa dojrzała i Ewa postanowiła złożyć sąsiadce wizytę.

— Idź. Ja poczekam — dopingował ją Wesołowski.

Kiedy żona wyszła, dyskretnie obserwował przez okno ją i dom Maciejów. Próbował przeniknąć wzrokiem za ogrodzenie, zmagając się jednocześnie z własną niecierpliwością. Piętnaście minut, dwadzieścia, pół godziny. Kiedy wreszcie zobaczył zbliżającą się Ewę, serce o mało mu nie wyskoczyło. Jej mina zdradzała jednak, że coś jest nie tak.

— Wyobrażasz sobie, że oni nie mają bladego pojęcia o tym skarbie! — fuknęła oburzona.

— Jak to nic nie wiedzą?!

— Zwyczajnie! Sprowadzili się tutaj ileś tam lat po wojnie, kiedy oficynka była już wypruta do gołych murów — żachnęła się Wesołowska. — Przypuszczają, że mogli to zrobić Pompkowie, bo oni pojawili się we wsi wcześniej.

Wesołowski gorączkowo kojarzył fakty. Odpowiednio ułożone tworzyły sensowną całość. Wychodziło na to, że Pompkowie, których gospodarstwo graniczyło z domem Wesołowskich, rzeczywiście mogli maczać w tym palce: sprowadzili się na Żuławy, kiedy tylko je osuszono, mieli skłonności do myszkowania w obcych domach i widywano u nich wiele rzeczy z niemieckimi napisami.

— Spokojnie, Ewcia, damy sobie radę! — zapewnił Wesołowski. Olśniony przebłyskiem własnego geniuszu, ułożył w głowie plan tak prosty, że aż niewiarygodny. Główną rolę miał w nim odegrać Bronek Pompka, pegeerowski brygadzista.

Dobiegający czterdziestki chłop miał dwie namiętności: baby i motocykle, z czym bynajmniej wcale się nie krył. Widywano go często jak wymuskaną wueską przemierza monotonną równinę między Pruszczem a Wisłą, zazwyczaj w towarzystwie jakiejś niewiasty. Te romantyczne wypady przerwała niedawno awaria gaźnika. Złośliwość rzeczy martwych oznaczała w przypadku Pompki istną katastrofę. Zapowiadała bowiem długi okres posuchy. Nie sposób było przecież prowadzić miłosne podboje bez sprawnego motocykla.

Tragedia brygadzisty wyjątkowo uradowała Wesołowskiego. Dzięki znajomościom w Polmozbycie, bez problemu mógł załatwić nowy gaźnik i wstępnie obiecał Bronkowi, że to zrobi. Ten jednak musiał tylko coś wyjaśnić.

Stali więc któregoś popołudnia przy płocie, rozmawiając o mundialu. Tym razem wyjątkowo się zgadzali: trzecie miejsce Polski na mistrzostwach świata, to było coś! Boniek był super, Buncol był super, nawet Kupcewicz, który Francuzom wrzucił piłkę przy słupku i nasi wygrali 3:2.

Rozważania nad drużyną Piechniczka nieubłaganie zboczyły na temat oficynki. Bronek Pompka niewiele mógł o niej powiedzieć, bo po wojnie był jeszcze szczawikiem, ale starsi bracia — nie zaprzecza — włóczyli się po okolicy. Przyparty do muru przyznał, że w domu, w którym mieszkają Maciejowie, też bywali. Coś tam może i znaleźli, ale żeby od razu mówić, że był tam jakiś wielki skarb, to naprawdę przesada. Dywany były już pogryzione przez myszy, sztućce (ciężkie, cholera, i nieporęczne) pogubiły się, a papiery poszły na rozpałkę.

— A pamiętasz znaczki? — Wesołowski nie dawał za wygraną.

— Znaczki? Pewnie, że pamiętam. Takie z samolotami były.

— I co? Co się z nimi stało?

— Nic. Wyrzuciliśmy je, bo były do dupy. Wszystkie listy, na które je nakleiliśmy, wróciły.

Ładne rzeczy

━━━━━━━━ ❧⟋❧ ━━━━━━━━

Nu, popatrz, Ignac, jak człowiek sobaczeje na starość. Takiego świństwa to w życiu nie piłem. Toż to żółte jak, za przeproszeniem, szczyny Imperatora. Ale co robić, skoro gorąc na dworze, że i sików wypić nie zaszkodzi..." — Ignacy Woronko odłożył ostrożnie resztki oranżady. Był pełen podziwu dla tego, kto wymyślił, że napoje zamiast do butelek można pakować w foliowe woreczki. Bez korków i etykietek, tylko z plastikową rurką, żeby dostać się do środka.

W innych okolicznościach za żadne skarby nie skusiłby się na taki wynalazek, jednak po kilku godzinach siedzenia w pełnym słońcu — skapitulował. Poszedł w ślady innych, którzy na widok sprzedawcy napojów czym prędzej sięgali do podkówek i portfeli. Brali po dwa, trzy opakowania, opróżniając je od razu.

Wzdychając ciężko, Ignacy zdjął słomkowy kapelusz i przetarł chustką czoło. Skóra perliła się drobnymi kropelkami potu. Przez chwilę wachlował się, ale przestał, gdy zrozumiał, że nie przyniesie to ulgi, jakiej się spodziewał.

Pomyślał, że właściwie powinien był już wracać do domu. Nie dla niego, widać, była zabawa w handelek. Sprzedawanie na Jarmarku Dominikańskim to zajęcie dobre dla młodych, a on przecież miał już swoje lata, co potwierdzały siwe włosy i broda.

„Masz, Ignac, za swoje. Zamiast wnuki bawić, ty wolałeś bogaczem zostać! Klamoty wystawiać, jakby wszyscy tylko na nie czekali! Wot, durak z ciebie" — narzekał półżartem.

Tak naprawdę to wcale nie żałował siedzenia na jarmarku. Przyjazd tutaj był urozmaiceniem nudnego emeryckiego życia, w którym wszystkie dni są do siebie podobne. Trzeba wstać z łóżka, zrobić zakupy, przeczytać gazetę, usiąść na ławeczce, podyskutować z sąsiadem, pokłócić się z nim, zjeść obiad w barze, wrócić do domu, obejrzeć Dziennik Telewizyjny, a potem, dla równowagi, przystawić ucho do Głosu Ameryki. Żadnych szans na odmianę, jeśli nie liczyć wyjazdu do sanatorium. Tylko po co tam się pchać?

— Stare baby można i w Gdańsku oglądać, a chorych w Akademii Medycznej — zrzędził przed każdym skierowaniem do Ciechocinka czy Kołobrzegu.

Splunął pod nogi, ale tak, żeby nie trafić w to, co miał do zaoferowania. Na kraciastym kocyku leżało kilka wymiętych książek, porcelanowa popielniczka, tandetne obrazki z widoczkami Góry Zamkowej i Ostrej Bramy. Najbliżej siebie postawił gipsowe popiersie Marszałka

Piłsudskiego. Stwierdził, że lepiej mieć je pod ręką, bo jeszcze, nie daj Boże, ktoś sięgnie po nieswoje.

Już z samego rana zorientował się, że na jarmarku o złodziei nietrudno. Ledwie się rozstawił, a usłyszał bluzganie z drugiej strony ulicy:

— O kurwa! Podpierdolili mi znaczki!

Nie wiadomo kto, nie wiadomo jak, nie wiadomo kiedy.

Ludzie przelewali się wąskimi uliczkami Głównego Miasta, nie sposób było każdego pilnować. Milicjanci chodzili, lecz zdawali się nic nie widzieć. Tępym wzrokiem patrzyli gdzieś przed siebie. Kiedy mijali Woronkę, ten nie mógł odmówić sobie przyjemności splunięcia.

— To dopiero swołocz! — mamrotał pod nosem.

Na widok funkcjonariuszy dostawał gęsiej skórki. Miał parę razy z nimi do czynienia i nigdy nie było to przyjemne. Przy ostatnim spotkaniu o mało nie dostał pałą po plecach. I to tylko przez to, że wmieszał się przypadkiem w tłum maszerujących z kościoła św. Brygidy. Przy Łagiewnikach czekało na niego już ZOMO. Ktoś rzucił kamieniem, posypały się petardy. Milicja szybciej niż zazwyczaj ruszyła do ataku i Woronko znalazł się w kotle. Cudem przedarł się między tarczami zomowców, którzy okładali kogo popadło. Uciekając na oślep, słyszał za plecami rozpaczliwe okrzyki:

— Ludzie! Ratunku! Gestapo nas bije!

Coś chyba musiało być na rzeczy, bo patrolującym jarmark milicjantom wcale nie przeszkadzało, że wokół sprzedaje się szwabskie pamiątki. Na stoiskach można było kupić hełmy, odznaczenia, pocztówki upamiętniające zwycięstwa Hitlera. Większość opatrzona była hakenkreutzem.

„Swój swemu krzywdy nie zrobi" — podsumował sprawę.

Zdziwienia na widok tylu rzeczy z drugiej wojny światowej nie mógł się jednak wyzbyć.

— A co to? Zlot gitlerowców? — zagadnął mężczyznę, przed którym leżały zardzewiałe resztki wyposażenia Wehrmachtu.

— Ja ci dam, dziadku, hitlerowców. Lepiej pilnuj swoich klamotów i tego wąsatego, co masz pod nogami.

„Ech, cham jeden! Marszałka tak obrażać" — obruszył się w myślach.

Odruchowo przysunął popiersie do siebie.

— Że też takich czasów człowiek doczekał... — westchnął, jakby chciał podkreślić, że ma już siedemdziesiąt trzy lata i w życiu widział niejedno. Była to zresztą prawda. Nie ruszając się z Wilna, widział władzę carów, Niemców, bolszewików, Litwinów, Polskę Niepodległą, znowu bolszewików i znowu Litwinów. Potem raz jeszcze przyszedł Związek Radziecki, a po nim Niemcy. Nie sposób było za tym wszystkim nadążyć. Kiedy w czterdziestym czwartym wrócili Ruscy, wiedział już, że trzeba będzie się pakować i uciekać do „nowej" Polski.

„Ha! Do Polski! Dobre sobie!" — uśmiechnął się w duchu. — „Urodziłem się w Wilnie, rodzice się tu urodzili i dziadkowie, a i tak powiedzieli mi, że prawdziwa Polska jest za Bugiem! Łachudry! Kacapy przeklęte!"

Sięgnął po woreczek i dopił oranżadę.

— Po ile to? — usłyszał przed sobą młody męski głos. Otrząsnął się z zamyślenia. Podniósł wzrok i zobaczył chłopaka w dżinsowej kurtce. Pomiędzy połami widać było koszulkę z nadrukiem „I love Coca-Cola".

— Co po ile?

— No, ten facet z gipsu.

Ignacym zatrzęsło.

— Tylko nie żaden facet! Trochę szacunku dla Komendanta! — obsztorcował młodziana.

— A co on taki ważny? Chyba że to Stalin, bo podobny.

Woronko zacisnął dłonie. Gotów był wstać i sprać gówniarza po pysku, ale się pohamował. Zreflektował się, że być może to nie jego wina, że nic nie wie o Piłsudskim — po prostu nie miał mu kto o nim powiedzieć. Komuniści zrobili przecież wszystko, by to nazwisko zostało zapomniane.

— Nigdy nie słyszałeś o Marszałku? — podpytał się jednak.

— Jak żyję! Ani razu!

— A do szkoły chodziłeś?

— Chodziłem.

— Do jakiej?

— Normalnej. Liceum.

— I naprawdę nikt ci o Piłsudskim nic nie powiedział? — dociskał Woronko.

Chłopak wzruszył ramionami, pokręcił głową.

— To tak, jakbyś nic o życiu nie wiedział — stwierdził Ignacy i zamilkł, pokazując, że dalsza rozmowa nie ma najmniejszego sensu.

O dziwo, młodego to nie odstraszyło! Przykucnął, przewertował książki. Nie wydały mu się interesujące. Przynajmniej nie tak, jak wyblakłe, zakurzone landszafty.

— Ładne rzeczy — przyznał. — Gdzie to jest? Gdzieś u nas?

Woronko zmarszczył brwi, nie posiadając się wprost ze zdumienia, że ktoś może być aż takim ignorantem.

— To Wilno, złociutki! Wilno! Skoro i tego nie wiesz, to ja ci tam nic opowiadał nie będę...

— Może właśnie powinien mi pan opowiedzieć, żebym się czegoś dowiedział. Mój dziadek był z Wilna.

Oczy starego zaświeciły się.

— Taaak? A jak się nazywał?

— Burwiłło.

— Hm... Nie słyszałem. Gdzie mieszkał?

— Na Atolu.

Woronko zarechotał tak głośno, że aż obejrzeli się stojący obok handlarze.

— Chyba na Antokolu — poprawił.

— Może i tak. Nie wiem, nie byłem. No to jak, powie pan, o co w ogóle chodzi z tym Piłsudskim?

Ignacy rozłożył bezradnie ręce. Opowiadać, kim był Marszałek, było jak... jak... — nie znalazł porównania.

— Wiesz chociaż kiedy odzyskaliśmy niepodległość po zaborach? — zaczął ostrożnie.

— W osiemnastym roku.

— Zgadza się — potwierdził Ignacy. — A potrafisz powiedzieć dlaczego?

— Bo Lenin obiecał, że wszystkie narody mają prawo do samostanowienia.

— Gówno prawda! — wypalił stary. — Gdyby tak było, to byśmy dzisiaj mieli Polskę Radziecką!

— A nie mamy?

Woronko zgrzytnął zębami. Młody miał rację, choć nie do końca.

„Spokojnie. Zaraz szczawikowi wszystko wytłumaczę" — próbował poukładać myśli.

— To wszystko nie jest takie proste — odezwał się spolegliwie. — Owszem, mamy teraz Polskę Ludową, ale dopiero od czasu, jak nam PKWN manifest ogłosił. Bo jeśli ci jeszcze nikt tego nie powiedział, to komunizm mogliśmy mieć dwadzieścia lat wcześniej, ale wtedy, dzięki Bogu, zdarzył się cud nad Wisłą i wyszliśmy z wojny obronną ręką.

— Z jakiej wojny? Pierwszej światowej?

Ignacy powachlował się ostentacyjnie. Pokazywał, że niewiedza młodego żywcem wpędzi go do grobu.

— Byłeś blisko, ale nie zgadłeś — stwierdził dobrodusznie.

— No to jaka wojna? — chłopak nie dał za wygraną.

— Wojna z bolszewikami, kochanieńki. Z bol-sze--wi-ka-mi!

— Oj, takiej chyba nie było...

— Zapewniam cię, że się mylisz, ale nie będę cię wyprowadzał z błędu. To nie czas ani miejsce na takie pogawędki. Może kiedyś, gdzie indziej...

Na twarzy młodziana pojawił się łagodny, niemal dziecięcy uśmiech.

— To kiedy ma pan czas, żeby się spotkać? Naprawdę chciałbym wiedzieć.

Woronko przejechał dłonią po brodzie, z trudem maskując, że właśnie wpadł na szatański pomysł. Skoro ma strzępić język, to przynajmniej nie będzie robił tego za darmo.

— Opowiem ci, co chcesz, ale najpierw musisz coś kupić. Co bierzesz: książki? obrazki? popielnicę? A może Dziadka ci zapakować? — wskazał na podobiznę Marszałka.

Chłopak sięgnął po jeden z widoczków Wilna:

— Ile pan sobie to ceni? — zapytał.

— Jak dla ciebie, po znajomości... Daj trzy tysiące!

Młody zawahał się. Wyglądało, że chce się wycofać.

— Widzisz, synku, w życiu za wszystko trzeba płacić.

— Tak, tak, jasne — przytaknął chłopak, sięgając wreszcie po pieniądze. Nie wyglądał na uszczęśliwionego zakupem, mimo że dostał to, co chciał. Umówił się na rozmowę. Woronko zaprosił go do mieszkania, podając przy tym swój wrzeszczański adres.

— Zapamiętasz? — upewnił się Ignacy.

— Też mi pytanie! Będę jutro o dziesiątej.

Zrobił głupio czy nie głupio? — tego Woronko nie potrafił rozstrzygnąć. Całą noc przewracał się w łóżku z boku na bok, zastanawiając się, czy powinien był zapraszać do domu obcego człowieka. Może faktycznie to gówniarz, który chce tylko dowiedzieć się, jak było za starej Polski, ale czasy są takie, że trzeba być ostrożnym...

Zimny dreszcz przebiegł Woronce po plecach. Całe życie udawało się mu wyślizgiwać z pułapek zastawianych przez enkawudzistów, Niemców, szaulisów i czort wie jakich jeszcze mętów. Wszystko wskazywało na to, że ma szósty zmysł, dzięki któremu przez całą wojnę włos nie spadł mu z głowy. Nawet jak Sowieci zamykali jego kolegów akowców w Miednikach, on szykował się już, by dać drapaka z Wilna.

Teraz nie czuł się jednak pewnie. Niby starał się nie wychylać, być szary i niewidoczny, lecz mimo to nie mógł oprzeć się wrażeniu, że ktoś się nim interesuje. Któregoś dnia sprzątaczka powiedziała mu nawet, że dopytywał się o niego jakiś mężczyzna. Nie potrafiła go opisać, ale wyglądało na to, że mógł to być jeden z tych smutnych panów z bezpieki.

— Bzdury! — strząsnął ostatki snu przed lustrem w łazience.

Umył się i ogolił.

Lodówka była jak zwykle pusta, więc na śniadanie usmażył sobie solidną porcję cebuli. Poczekał do dziesiątej.

Chłopak pojawił się w drzwiach punktualnie. Podobnie jak wczoraj był w dżinsowej kurtce, tyle że tym razem miał założoną koszulkę John Player Special. Woronko nie miał pojęcia, co to może oznaczać. Wskazał młodzianowi miejsce w pokoju, zaproponował herbatę.

Ten nie odmówił. Gruzińskie barachło w szklance jak zwykle nie chciało naciągnąć.

— To w czym mógłbym pomóc? — zagadnął Ignacy.

— Pomóc w niczym, ale chętnie bym się dowiedział, jak to było kiedyś.

— Było różnie — Woronko próbował błysnąć dowcipem. — Co konkretnie interesuje takiego młodego człowieka jak ty?

— Konkretnie to nie wiem. Może to, jak było w Wilnie przed wojną albo jak tych bolszewików pogoniliśmy? To też pewnie ciekawe.

Stary uśmiechnął się szeroko, pokazując żółtawe zęby.

— Pewnie, że ciekawe. Szkoda tylko, że nie można o tym mówić.

— Jak to nie można?

— Skoro taki inteligentny chłopak nie wie, co się wydarzyło w dwudziestym roku, to znaczy, że się o tym nie mówi — wyprowadził prosty wywód, którym sprawił, że gość wyglądał na mile podłechtanego. — Szkoda, bo wtedy zrobiliśmy naprawdę coś wielkiego...

— To znaczy?

— Pogoniliśmy Ruskich. Uciekali z podkulonym ogonem, gdzie pieprz rośnie, a nasi ułani za nimi — aż się kurzyło. „Szable do boju, lance w dłoń! Bolszewika goń, goń, goń!" — zanucił ochoczo Wołodko. — Mój ojciec też był legionistą u Piłsudskiego!

— Aaa... To stąd takie zainteresowanie Marszałkiem! — olśniło chłopaka.

— Stąd-nie stąd — burknął Ignacy. — Dla wilniuków Marszałek zawsze był bohaterem! W końcu to nasz krajan. Kto nie jest z tamtych stron, nie zrozumie tego.

Stary podszedł do regału z książkami. Wyciągnął egzemplarz owinięty w szary papier pakowy, otworzył mniej więcej pośrodku.

— O, takich rzeczy uczyliśmy się o naszym Komendancie — wskazał stronę zadrukowaną wierszem.

Chłopak przypatrzył się jej. Usta bezgłośnie powtarzały strofy:

> Ani kontusz na nim aksamitny,
> Ani pas go zdobi lity, słucki,
> W szarej burce, lecz duchem błękitny,
> Jedzie polem brygadier Piłsudski.

— Twój dziadek też musiał to znać — stwierdził autorytatywnie Woronko. — Jak się on nazywał? Barwiłło?

— Burwiłło.

— Też masz takie nazwisko?

— No, tak.

— A imię?

— Włodek.

— Yhm... — westchnął Ignacy i słychać w tym było coś pośredniego pomiędzy zrozumieniem a zadziwieniem. — Twój dziadek żyje jeszcze?

— Nie, no gdzie! — zaprzeczył młodzian. — Zginął w czasie wojny.

— Na froncie?

— Skądże znowu! Na ulicy go zastrzelili, w czterdziestym trzecim, jak z bibułą jechał przez miasto!

— Święć Panie nad jego duszą...

Gospodarz usiadł z powrotem do stołu, zamieszał łyżeczką w szklance. Wyglądało, że zastanawia się nad kruchością ludzkiego żywota.

— Więc mówisz, że twój dziadek był w konspiracji? — odezwał się po chwili.

— Też pytanie! Pewnie, że był, tyle że szczegółów nie znam...

— Nie przejmuj się, synu. Skoro dziadek był w podziemiu, masz prawo wielu rzeczy nie wiedzieć — Ignacy przybrał pozę mentora. — U nas też jeden o drugim prawie nic nie wiedział.

— Jak to: u nas?

— W oddziale.

— To był pan w konspiracji?

Woronko uśmiechnął się filuternie.

— Proszę powiedzieć! Przecież to chyba żadna tajemnica? Jest przecież tyle lat po wojnie...

— Nie! Nie! Nie! Żadnych zwierzeń. I tak ci już dość powiedziałem.

— Nawet się pan jeszcze dobrze nie rozkręcił!

— A co tu dużo mówić? Było się akowcem, wyzwalało się Wilno...

— I to wszystko? Nie wierzę...

— Wszystko, wszystko — przytaknął stary — bo potem nas batiuszka Stalin zapakował do wagonów i wysłał do Danziga. Całe szczęście, że nie w drugą stronę, na białe niedźwiedzie, chociaż też mógł tak zrobić. Co mu szkodziło?

Chłopak rozejrzał się po pokoju. Pomieszczenie było duże, jasne, wysokie, jak to zazwyczaj bywa w poniemieckich kamienicach. Umeblowane skromnie, ale gustownie. Pod oknem stał stół i cztery krzesła, regały zapełniały dziesiątki książek, nieco już spłowiałych od światła wpadającego przez wielkie okna.

— W sumie to chyba nie ma co narzekać. Nieźle się pan urządził — ocenił Włodek.

Woronkę rozdrażniła ta uwaga. Odebrał ją wręcz jako wyrzut.

— Na wszystko, co tu jest, zapracowaliśmy z żoną — powiedział stanowczo. — Jak nas wyrzucili z Wilna, to nie mieliśmy prawie nic! O, spójrz, synku, jak to wszystko wyglądało!

Wskazał palcem na ścianę. Wisiało na niej zdjęcie w ciemnobrązowych ramkach. Z daleka nie było zbyt wyraźne, ale Włodek zorientował się, że uwieczniono na nim ruiny kościoła Mariackiego. Przed ceglanym rumowiskiem pozowały dwie postacie, kobieta i mężczyzna.

— To pewnie pan. Z żoną?

— Też pytanie! Widzisz, że niewiasta jak marzenie, innej bym nie brał! Na kaziukach wypatrzyłem swoją Walercię. Paniusią była, ledwie siedemnaście lat. Zmarło się, biedaczce, w zeszłym roku i smutno teraz żyć bez niej.

— To faktycznie przykre — potwierdził Włodek. — Ma pan jeszcze jakieś stare zdjęcia?

— Nie, jakoś u nas się ich nie robiło — skłamał Woronko.

Nie chciało się mu sięgać do szafy, szukać albumu, wracać na siłę do tego, co minęło. Wilno, Ostra Brama, Wilja, Wilejka. Do tego rodzice, znajomi, koledzy z wojska, Gdańsk, własne dzieci i wnuki. Rzadko oglądał fotografie, gdy żyła żona, nie ma więc powodu, żeby robił to teraz, dla kogoś obcego.

Włodek Burwiłło. Włodzimierz... — Woronko zaczął uważniej przyglądać się młodzianowi. Wczoraj w zasadzie nie zwrócił na niego uwagi. Było tak upalnie, że myślał ociężale, jak uderzony obuchem. Dzisiaj też jakoś nie zainteresował się gościem. Potraktował chłopaka jak zło konieczne. Umówił się z nim, więc musi do końca zachować pozory. Więcej przecież go nie spotka. Zresztą nawet by nie chciał. Twarz Burwiłły miała w sobie coś niepokojącego, jakąś zadrę. Może takie wrażenie sprawiały małe szare oczka, patrzące spod opadających nisko powiek, może wąskie usta zdradzające zaciekłość, a może, tak najzwyczajniej w świecie, chodziło o trądzik? Różowe, gdzieniegdzie zaropiałe, stożki pokrywały oba policzki.

— Skoro nie ma pan więcej zdjęć do oglądania, to może ja pokażę swoje — chłopak wyjął z kieszeni kurtki trzy fotografie, położył je na stole. — Widział pan coś takiego?

Ignacy sięgnął po czarno-białe odbitki, z trudem przełknął ślinę. Czuł, że młody chce pokazać mu coś niedobrego. Nie pomylił się. Na zdjęciach widać było zamieszki. Umundurowane postacie unosiły długie pałki nad bezbronnymi cywilami. Nisko przy ziemi ścielił się siwy dym, w oddali wbijała się w niebo strzelista sylwetka hotelu Hevelius.

— Poznaje pan? — głos młodziana zrobił się poważny. — Na pewno poznaje. To przecież było trzy miesiące temu, trzeciego maja. Nie mógł pan zapomnieć, bo jak się okazało, pamięć ma pan dobrą. Z takimi szczegółami opowiadać o Wilnie, Piłsudskim... Jestem pod wrażeniem.

Ignacy milczał. Był trupio blady, posiniały mu usta.

— O, tu pan jest! — Burwiłło wskazał postać w lnianej marynarce.

Na pierwszym zdjęciu uciekała przed zomowcem, na kolejnym milicjant zamierzał się na nią pałką, na trzecim widać było, że mundurowy dopadł innego przechodnia, który rozłożony na ziemi czekał na niezawodny cios.

— Miał pan szczęście — przyznał Włodek. — W tym wieku nie dać się spałować, to jest coś!

Włożył do kieszeni fotki, wyjął z niej notesik.

— Ignacy Woronko, plutonowy, pseudonim „Zorza", lat siedemdziesiąt trzy. Wdowiec. Dwójka dzieci, troje wnuków. W czasie wojny w 3. Wileńskiej Brygadzie AK. Po wojnie nie ujawnił się przed władzą ludową... Zgadza się?

W oczach starego pojawiło się przerażenie, takie, po którym należy się spodziewać ataku serca.

Burwiłło patrzył na ten strach z przyjemnością. Lubił obserwować, jak ci, którzy mówili o swojej waleczności i niezłomności, o Bogu, Honorze i Ojczyźnie, okazywali się nagle zwykłymi śmiertelnikami, wcale nie lepszymi od innych. Ulatywały z nich pewność siebie i wiara w jedynie słuszną sprawę. Funta kłaków nie było warte to całe ich prężenie się w kościelnych kruchtach, gdzie zbierali się poprzebierani w battle-dressy, berety, rogatywki, obwieszeni krzyżami i medalami. Prawdziwi Polacy.

Patrząc na nich, zastanawiał się, czy jest wśród nich ten, który zastrzelił jego dziadka — szeregowego komunistę? Albo pociągnął za spust przy Bujnickim lub Ancerewiczu? Dwa trupy zaliczone: poeta i redaktor. Mówili: „W imieniu Rzeczpospolitej Polskiej" i bach! bach! bach! Nieraz cały magazynek.

Teraz historia zatoczyła koło. Miał przed sobą takiego właśnie akowca, bladego jak ściana i nie mogącego wydusić z siebie ani słowa. Był sparaliżowany, bezwolny. Przy odrobinie wysiłku można było go nawet zamknąć pod takim czy innym pozorem. Odechciałoby mu się knuć, spiskować, pluć na władzę ludową.

Dla Burwiłły stary Woronko nie był jednak ofiarą, lecz co najwyżej przypadkiem godnym anegdoty. Takiej, do której będzie często wracał przy wódce.

— Jak opowiem chłopakom to wszystko, co widziałem, to nie uwierzą — Włodek wyszczerzył zęby. Wciąż sycił się strachem.

— Ja... Jakim chłopakom?

— No w pracy, na Okopowej — wytłumaczył. — Na pewno się im spodoba ten wierszyk o brygadierze. Jak to było? „Ani kontusz na nim aksamitny, Ani pas go zdobi lity, słucki"... Proszę się nie przejmować. Wrócę do pana wyłącznie, jeśli będzie taka potrzeba. Miło mi było poznać.

Młodzian nie czekał na odprowadzenie. Sam znalazł drogę do drzwi i wyszedł jak gdyby nigdy nic. Zbiegł raźno po schodach. Patrząc przez okno, Woronko widział przez chwilę jego smukłą sylwetkę. Niemal natychmiast rozpłynęła się w tłumie.

Onkel Werner

Nie spieszyłem się z podróżą. Nic mnie nie goniło, więc zanim wsiadłem do samochodu, sporo czasu zeszło mi pod stocznią. Z wysokości wiaduktu nad torami tramwajowymi przyglądałem się robotnikom. Znowu strajkowali.

Na pozór wszystko wyglądało jak osiem lat temu, w pamiętnym Sierpniu — na płotach flagi, kwiaty, święte obrazy. Nie było tylko dawnego entuzjazmu. Znużeni ludzie wspierali się na ogrodzeniu lub wysiadywali na fabrycznych dachach. Od czasu do czasu ktoś domalowywał na murze kolejne hasło w rodzaju: „Nie oddamy stoczni!" albo „Obudź się, Polsko!". Milicjanci nie reagowali. Czekali na rozkazy, chociaż, kto wie, może też im wszystko wisiało.

Patrzyłem na to z niestosowną obojętnością. Powinienem był przecież zamknąć się z protestującymi w stoczni, moim zakładzie pracy, ale tym razem wolałem być po drugiej stronie barykady. Dzięki strajkowi zyskałem trochę wolnego i bez najmniejszych skrupułów zamierzałem z tego skorzystać.

Z Gdańska wyjechałem jak na majówkę. Do torby wrzuciłem notes, mapy, butelkę niemieckiej wódki, aparat fotograficzny. Nie przejmowałem się stojącymi na skrzyżowaniach milicyjnymi sukami ani korkami, które o trzeciej po południu paraliżowały ruch w centrum miasta. Przecisnąłem się przez nie i skierowałem w stronę Starogardu.

Dzień był słoneczny i wyjątkowo ciepły, wręcz wymarzony na załatwianie zaległych spraw. Takich na przykład jak prośba wuja Wernera. Wysłużonym fiatem 127 sunąłem więc naprzód, by dopełnić złożonej mu obietnicy. Minąłem Borkowo, Straszyn, Jagatowo, zwalniając dopiero przed Trąbkami Wielkimi. Posłusznie poddałem się wskazaniom tablicy z napisem „Skarszewy 19" i skręciłem w boczną drogę.

Była w fatalnym stanie. Spod asfaltu raz po raz wyskakiwał lśniący gładkością bruk. Odchylałem kierownicę to w lewo, to znów w prawo, uważając, by nie stracić koła na nierównościach. Dziury, zrazu pojedyncze, w miarę oddalania się od głównej szosy zaczęły układać się w pajęczynę pułapek. Wielkie oka mrugały na skraju jezdni lub przecinały jej środek. Wyrwane spod opon kawałki nawierzchni waliły nieprzyjemnie w auto.

Im więcej było wyrw, tym bardziej oczywiste stawało się, że zbliżam się do krańca cywilizacji. Z każdym przejechanym kilometrem słabło też radio. Muzyka zamieniała się w szum, z którego trudno był cokolwiek wyłapać. Anna Jantar próbowała go przekrzyczeć, zapewniając, że za czyjś uśmiech odda stubarwny lata strój, lecz jej głos przypominał coraz bardziej upiorne rzężenie. Wreszcie sygnał załamał się i wnętrze samochodu wypełniła cisza.

Nie zmartwiłem się tym. Byłem prawie na miejscu. Zjechałem na piaszczyste pobocze i rozłożyłem mapy. Na tej turystycznej miejsce, w którym stanąłem, oznaczone było jako Pawłowo. Rozejrzałem się uważnie i stwierdziłem, że to musi być pomyłka. Pawłowo minąłem chwilę wcześniej, nie sposób było bowiem nie zauważyć wiejskiego blokowiska, a przy nim folwarku zamienionego w PGR. Teraz jednak patrzyłem na wyłaniające się zza wzniesienia gospodarstwa. Znajdowały się w dość dużej odległości od siebie — jedno przy drodze, drugie przyczepione do skraju lesistego wzgórza. Porównałem widok z przedwojenną mapą topograficzną wuja Wernera. Zabudowań na niej było nieco więcej, a obok napisu „Groß Paglau" widniał dodatkowy: „Althütte".

— Stara Huta — przetłumaczyłem z poczuciem ulgi.

Nie spełniły się więc wujowe obawy. Znalazłem to jego Althütte, chociaż dawał sobie głowę uciąć, że będę błądził.

Jak on mógł tak pomyśleć?!

Wuj, do którego najczęściej zwracaliśmy się per Onkel, miał prawie osiemdziesiąt lat, ale na RFN-owski sposób nie poddawał się starości. Prowadził uregulowany tryb życia i dbał o siebie, choć czasami widać było, że gdzieś na dnie jego duszy kryje się już zmęczenie życiem.

Ostatni raz widzieliśmy się w drugi dzień Bożego Narodzenia. Zaprosił mnie wtedy na kolację do jednej z hamburskich restauracji. Nazajutrz miałem wracać do kraju, więc postanowił, że pożegnalny wieczór będzie uroczysty. Siedzieliśmy przy kieliszku likieru, ale rozmowa jakoś się nie kleiła. Większość tematów wyczerpaliśmy w ciągu trzech wspólnie spędzonych tygodni. Onkel nie przejmował się zdawkową wymianą zdań. Cierpliwie czekał na rachunek. Wreszcie zapłacił, szczęśliwy, że nikt nie będzie nam już przeszkadzał.

— Nigdy cię o nic nie prosiłem — powiedział, odstawiając z namaszczeniem kieliszek. — Tym większą mam nadzieję, że nie odmówisz...

Oderwałem wzrok od monotonnie jaśniejącego płomienia świeczki. Werner wyjął z marynarki kartkę papieru i naderwaną mapę.

— Chciałbym, żebyś zrobił dla mnie zdjęcia pewnego domu. Tego — wskazał palcem punkcik na Messtichblatcie. — Gdybyś nie mógł go odnaleźć, popytaj o starego Bruckiego. Stanisława Bruckiego. Jeśli jeszcze żyje, na pewno ci pomoże.

Przesunął przez szerokość stołu kartkę z nazwą miejscowości i nazwiskami właścicieli domu.

Zaskoczony propozycją, zaniemówiłem. Onkel szybko rozwiał moje wątpliwości. Powiedział, że wszystko wytłumaczy, jak dostanie zdjęcia, bo bez nich ma kłopoty z przypominaniem sobie dawnych czasów. Ponownie sięgnął do kieszeni i wyjął białą kopertę.

— To na podróż i za fatygę — zakończył po wielkopańsku.

Pieniędzy starczyło na jedno i drugie, i to nawet ze sporą nawiązką. Na spełnienie swojej prośby Onkel musiał jednak poczekać aż do maja. O dziwo, wcale mnie nie popędzał, jeśli nie liczyć kartki na Wielkanoc, gdzie pod życzeniami było postscriptum: „Pamiętasz o zdjęciach?".

Oczywiście, że pamiętałem. Najbardziej przed świętami właśnie, kiedy poszedłem do Peweksu kupić dzieciakom słodycze. Każda wydana marka od wuja Wernera była wyrzutem sumienia...

Samochód z trudem wspiął się kamienistym podjazdem do gospodarstwa pod lasem. Szukając miejsca do zaparkowania, zrobiłem rundę wokół pryzmy gnoju i zatrzymałem się przy stodole. Pyrkanie silnika wywabiło na podwórze człowieka w popielatej kufajce.

— Ładna dziś pogoda... — zagadnąłem, wysiadając z wozu. — Aż chce się robić. A tak w ogóle, to szukam pana Bruckiego.

— Ja jestem — burknął mężczyzna.

Twarz miał ziemistą, mocno zmęczoną, tyle że daszek czapki przysłaniał nieco zmarszczki i przekrwione oczy. Wyglądał na czterdzieści parę lat, czyli był podejrzanie młody, jak na „starego", o którym mówił Onkel.

— Szukam Stanisława Bruckiego — doprecyzowałem.

Gospodarz wydał się zawiedziony.

— Ojciec jest za domem. A co potrzeba?

— W zasadzie nic. Tylko pogadać — odparłem uspokajająco i ruszyłem we wskazanym kierunku.

Stary Brucki odpoczywał na ganku od strony lasu. Siedział na taborecie plecami wsparty o ścianę. W szklanej lufce dopalał się jego papieros.

— Boże pomagaj! — zacząłem, siląc się na swojskość. — Pan Stanisław, prawda? Powiedziano mi, że może pan pomóc.

Mężczyzna jakby tego nie słyszał. Zapatrzony w nieokreślony punkt, wypuścił przed siebie siwy obłok dymu.

— Szukam domu Scherretów — tym razem odezwałem się głośniej.

Stary odwrócił głowę w moją stronę. Patrzył lekko przymrużonymi oczyma, jakby próbował odczytać moje myśli. Nadaremno. Milczałem, dopóki nie zwyciężyła w nim ciekawość.

— Po co? — zapytał z udawaną obojętnością.

— Ktoś prosił mnie, żebym zrobił kilka zdjęć.

— Ktoś, to znaczy kto?

Zawahałem się, kalkulując w duchu: powiedzieć prawdę czy nie powiedzieć? W rodzinie nie było tajemnicą, że za Onkelem ciągną się jakieś historie, do których lepiej nie wracać. Stwierdziłem jednak, że skoro on sam zaproponował, żeby odszukać Bruckiego, nie będę tego ukrywał.

— Werner Zielke mnie przysłał — powiedziałem i poczułem się, jakbym zdradzał największy sekret.

Mężczyzna zerwał się na równe nogi. Bez żadnego słowa zniknął w domu, a trzask zamykanych drzwi poniósł się daleko.

Byłem zaskoczony i zmieszany. Nie tak wyobrażałem sobie spełnienie prośby wuja. Miałem przecież tylko pojechać do tego jego „Althütte", odnaleźć dom, zrobić zdjęcie i wysłać je do Hamburga. A tu proszę, taka niespodzianka!

Zawróciłem w stronę samochodu. Syn Bruckiego tkwił nadal na podwórzu, chociaż teraz trzymał już w ręku masywną siekierę.

— Przepraszam, gdzie jest dom Scherretów? — zapytałem, nie licząc zbytnio na pomoc. Pomyliłem się jednak, bo mężczyzna od razu nakierował trzonek na odległą o pięćset, może sześćset metrów kępę zarośli. Wyrastała pośród zaoranych pól, próbując bezskutecznie przesłonić zarysy murów.

— Słyszałem, że teraz tam nikogo już nie ma — podpytywałem dalej.

— Ano nie ma — potwierdził Brucki.

— Od dawna?

— Odkąd Jaruzel wojnę narodowi wypowiedział. Wielu nie wytrzymało i wyjechało do Niemiec. Ci również.

— I co? Chałupa cały czas stoi pusta?

— Jak chcecie wiedzieć, to sobie zobaczcie.

Wziąłem aparat i poszedłem. Budynek nie miał już okien ani kompletnego dachu. Frontowe drzwi trzymały się na jednym tylko zawiasie. Odstawiłem je na bok i zanurzyłem się w półmroku. Wnętrze wypełniał cierpki zapach wilgoci, chłód mieszał się z wonią gnijących szmat. Trudno było rozeznać się w rozkładzie pomieszczeń. Jedynie roztrzaskane szafki i zlew po prawej stronie wejścia wskazywały, gdzie kiedyś była kuchnia.

Ominąłem to rumowisko. Onkel dał mi przecież wyraźne polecenie. Chciał, żebym zrobił zdjęcie konkretnego pokoju. Ostatni na górze, na końcu korytarza — jak sam to określił.

Wspiąłem się na piętro po trzeszczących niepokojąco schodach. Wydawało się, że ze spróchniałych desek wypadają gwoździe i wszystko zaraz się zawali. Podobnie było na korytarzu, gdzie z podłogi powypadały już niektóre deski.

Ostrożnie przedostałem się do najdalszego pokoju, w którym kryło się istne pobojowisko. Podłoga usłana była połamanymi meblami, pomiędzy którymi walały się resztki naczyń, jakieś ubrania i zabawki. Dojścia do okna broniło masywne łóżko. Zbliżyłem się do niego. Zbutwiała kołdra osadziła się na wystających sprężynach i dziwacznie powyginana sprawiała wrażenie, że ktoś pod nią śpi.

— To stało się tutaj.

Obcy głos poderwał mi serce do gardła. Odwróciłem się gwałtownie i zobaczyłem starego Bruckiego.

— Ona umarła w tym pokoju...

Nieprzyjemny dreszcz przebiegł mi po plecach. O czym on mówi? Kto umarł? Jaka ona?

Brucki zaświecił mi latarką w oczy. Przysłoniłem je dłonią.

— Ona umarła na tym łóżku — snop światła przesunął się w kąt izby.

— Ona, to znaczy kto? — przełamałem suchość gardła.

Spojrzenie Bruckiego nie zostawiało wątpliwości: sprawdzał, czy wiem.

— Klara — dopowiedział.

Podłożone do westfalki drewno wystrzeliło sucho. Ogień dopiero zaczął je omiatać i w kuchni wciąż było chłodno. Majowe dni były wprawdzie dość ciepłe, ale wieczory w murach starego domu nie należały do przyjemnych.

Postawiłem na stole kornusa, którego w święta podarował mi Werner. Na jego widok Brucki uśmiechnął się. Wziął butelkę i chciał otworzyć, dostrzegł jednak niemiecki napis na etykiecie. Jego usta przybrały grymas niezadowolenia. Schował szybko flaszkę, stawiając w jej miejsce pół litra starogardzkiej, kieliszki i słoik ogórków. Nalał do pełna.

— Werner to krewny? — zapytał po pierwszym hauście.

— Nie. Tylko znajomy — odparłem, ale niezbyt zdecydowanie. Byłem zaskoczony i na dobrą sprawę nie potrafiłem wytłumaczyć, kim dla mnie jest Onkel Werner, choć znałem go od tylu lat. Gdy zjawił się w naszym domu w Oliwie, chodziłem jeszcze do podstawówki.

Szwaby nie leżały mi za cholerę, bo oglądałem w kółko Klossa i *Czterech pancernych*, ale matka niemal natychmiast uległa urokowi tego wysokiego, przystojnego mężczyzny, który do nas przyszedł i z rozbrajającą bezpośredniością poprosił, by mu pokazać pokój, gdzie do końca wojny mieszkała jakaś jego ciotka. Był uprzejmy i wdzięczny za wyświadczoną przysługę.

Potem przyjeżdżał już co roku, zawsze w sierpniu. Jego czarny mercedes niezmiennie wzbudzał sensację na ulicy. Faktem jest, że Werner lubił brylować. Tu i ówdzie ktoś dostępował zaszczytu otrzymania od niego paczki kawy, która w przeciwieństwie do arabiki naprawdę miała smak i aromat.

Z czasem niemiecki gość stał się dla nas wujkiem. Tytularnym wprawdzie, ale zawsze. Na moje osiemnaste urodziny przysłał kartkę z życzeniami i zaproszenie do Hamburga.

Onkel nie był typowym Niemcem. Nie żałował pieniędzy, pokazywał miasto, kupował drobne prezenty, namawiał, żebym uczył się niemieckiego. Zapewniał, że jak lepiej opanuję język, załatwi mi stały pobyt i jakąś pracę. Nie byłem tym zainteresowany. Mimo najszczerszych chęci nauka niemieckiego sprawiała mi kłopot. Nie był on zresztą aż tak bardzo mi potrzebny — Onkel mówił po polsku. Akcent miał twardy, ale można było się z nim dogadać bez problemu.

Brucki o Wernerze wiedział jednak swoje.

— Razem dorastaliśmy — snuł wynurzenia po kolejnym kieliszku. — Ojciec był Niemcem, matka Kaszubką. Przenieśli się do Pawłowa, bo stary Zielke został strażnikiem na polsko-gdańskiej granicy.

Gospodarz miał dobrą pamięć. Opowiadał szczegółowo, jakby wszystko to zdarzyło się wczoraj. Mówił, jak z Wernerem łowili ryby w okolicznych bajorkach, jak wyprawiali się przez zieloną granicę do Skarszew, jak podróżowali pożyczonym motocyklem. W jego słowach było wiele beztroski. Dopóki nie pojawiła się Klara.

Dziewczynę z pobliskiego Szczodrowa sprowadzili Scherretowie. Pracowała u nich jako pomoc domowa. Mieli z nią dobrze, bo prowadziła całe gospodarstwo. Nie straszne jej było pranie i sprzątanie. Nieźle radziła sobie też ze zwierzętami w oborze. Nie minęło wiele czasu, a wpadła w oko Wernerowi.

— Przychodził do niej codziennie, zawsze z jakąś drobnostką w prezencie. Taki amant był trochę — opowiadał Brucki. — Nic zresztą dziwnego, bo dziewczyna była jak marzenie.

Miała jasne, długie włosy, które upinała wysoko, odsłaniając przy tym gładkość szyi. W jej błękitnych oczach można było się zapomnieć.

Opowiadając o dziewczynie, Brucki robił się coraz bardziej rozmarzony. Podsycony alkoholem zdawał się przenosić pięćdziesiąt lat wstecz, do roku tysiąc dziewięćset trzydziestego ósmego. Hitler zajął wówczas Austrię, a Zielkemu kompletnie odbiło. Wstąpił do SA i zaczął się włóczyć z kumplami w brunatnych mundurach. Szukali okazji do awantur. Pobili nawet dwóch Polaków, którzy pracowali w majątku w Pawłowie, bo tamci rzekomo znieważyli honor niemieckiej dziewczyny.

Klara początkowo nic nie mówiła na te wybryki, ale w końcu miała ich serdecznie dość.

— Pamiętam, jak któregoś wieczoru siedzieliśmy na wozie przed stodołą, a ona, niemal ze łzami w oczach, opowiadała, jak bardzo Werner się zmienił — Brucki spoważniał. — Bolało ją to strasznie, bo naprawdę go kochała. Nie minęło wiele czasu, a Zielke nie chciał już się z Polką pokazywać. Zerwał z nią i wtedy stała się tragedia.

Głos starego przycichł. Stary sięgnął po butelkę i rozlał resztkę do kieliszków. Opróżniliśmy je od razu.

— Któregoś ranka obudziła nas Frau Scherret — gospodarz mówił już bardzo cicho. — Łomotała w okno, krzyczała, że coś niedobrego dzieje się z Klarą. Kiedy przybiegliśmy do jej domu, dziewczyna stygła. Jeszcze tylko przy sercu była trochę ciepła, ale poza tym trup. Natychmiast wezwano lekarza. Powiedział, że zjadła za dużo jakichś proszków.

— Wiadomo, dlaczego to zrobiła? — zapytałem.

Brucki spojrzał na mnie, przygryzając nerwowo usta.

— Werner na pewno by wiedział... — wymamrotał i widać było, że w tej sprawie nie ma już nic do dodania.

Od Bruckiego wyszedłem przed świtem. Byłem całkowicie oszołomiony tym, co powiedział. Jego słowa targały moimi myślami bardziej niż wypita wódka, którą przewietrzyło chłodne powietrze. Przed oczami miałem już tylko Wernera. Jego nalaną twarz, uśmiech sztucznych zębów, erefenowską akuratność, których za cholerę nie potrafiłem połączyć z brunatnym mundurem SA-manna. Widać nie miałem dość wyobraźni...

Zdjęcia wysłałem do Onkela, najszybciej jak tylko mogłem. Przez kilka tygodni Zielke nie odpisywał ani nie dzwonił, spróbowałem więc sam się z nim skontaktować. Telefon odebrała jakaś kobieta.

Była nieprzyjemna, mówiła półsłówkami. Nie kryła, że zajmuję jej czas. Rzuciła wreszcie beznamiętnie:

— *Herr Zielke ist gestorben.*

Kiedy zapytałem na ostatek, jak to się stało, odpowiedziała, że atak serca prawdopodobnie dopadł go w momencie, gdy przeglądał zdjęcia przysłane z Gdańska.

Oczy Chrystusa

Nieszczęście spadło na parafię w nocy z piątku na sobotę. Cicho i podstępnie, że nawet zakrystian Józef nie od razu się połapał, co naprawdę się stało. Przekręcając z namaszczeniem klucz w wiekowym zamku, nie przeczuwał niczego złego. Wszedł do świątyni spokojnie, przesunął kotarę oddzielającą wejście od kruchty i odszukał bakelitowy włącznik. Pstryk — wnętrze wypełniło się rozproszonym światłem, w którym wszystko wyglądało szczególnie nabożnie.

Kościelny minął kamienne misy na wodę święconą i wkroczył do nawy. Jego wzrok omiótł z daleka ołtarz i tabernakulum, przesuwał się obojętnie po wiszących na ścianach tablicach Drogi Krzyżowej. Stacja VIII — Jezus pociesza płaczące niewiasty. Stacja IX — Jezus upada pod krzyżem po raz trzeci. Stacja... Nie, ambona. Właśnie! Miejsce nad amboną było puste! Na ścianie jaśniało tylko miejsce po obrazie. Józef wybiegł z kościoła ile sił w nogach, zapominając na chwilę o męczącej go astmie.

— ...ęże proboszczu! Księże proboszczu! — wysapał w przedsionku plebanii. — Pana Jezusa ukradli!

Świszczące dyszenie omal nie przyprawiło księdza Stroha o atak serca. Upuścił dopiero co wypełnioną kartkę z intencjami mszalnymi, a jakby tego było mało, schylając się po nią, strącił ze stołu miśnieńską filiżankę.

Brzęk tłuczonego naczynia zmieszał się z przeraźliwym wołaniem:

— Matko Boska! Józefie! Jakiego Pana Jezusa?!

— Tego znad ambony!

Proboszcz nie czekał na dalsze wyjaśnienia. Zostawił zakrystiana, który z trudem łapiąc powietrze, osunął się na krzesło, a sam pognał do kościoła.

Zakrystian, niestety, nie pomylił się. Ściana nad amboną raziła pustką. Brakowało, wiszącego w tym miejscu od dwustu lat, obrazu.

— Święta Maryjo! — jęk rozpaczy odbił się głucho od gotyckich murów. — Co teraz będzie? Co teraz będzie...?

Odpowiedź ksiądz Stroh otrzymał szybko: dopadła go moc nieprzyjemności. Jeszcze przed południem do parafii przyjechali policjanci, którzy zamknęli kościół i zabezpieczyli ślady. Potem, przez kilka dni, przesłuchiwano świadków, wreszcie przysłano wezwania do stawienia się w prokuraturze. Nim minęło pół miesiąca, proboszcz zdążył posiwieć, stracił apetyt i przyzwyczaił się do spania po cztery godziny na dobę.

Do pogłębiającej się zapaści księżowskiego zdrowia niemało przyczyniła się jego gosposia, pani Helena. Kobieta krzątała się po plebanii, nie przejmując się całą sytuacją albo przynajmniej sprawiając takie wrażenie.

— Zmartwienia są i odchodzą — powtarzała codziennie.

Jej słowa i ostentacyjna obojętność drażniły proboszcza do tego stopnia, że zaciskał zęby, by przypadkiem nie zgrzeszyć przekleństwem.

Tak było i owego dnia, w którym gospodyni skubała kurę na rosół. Siedziała w kącie kuchni, mrucząc pod nosem coś, co przypominało melodię *Chwalcie łąki umajone*. Rudawe pióra zamiast lądować na rozłożonej na podłodze gazecie, kleiły się jej do rąk lub osiadały na meblach.

— Droga Heleno, czy musi Helena skubać tę kurę w domu?

Kobieta nawet nie podniosła wzroku. Wyrywała pióro po piórze jakby chciała wywróżyć sobie: „kocha czy nie kocha".

— Oj, widzę, że ksiądz dziś nie w humorze... — stwierdziła wreszcie tonem nieco obojętnym.

— W humorze, jeśli Helena jeszcze tego nie zauważyła, to ja nie jestem odkąd Pana Jezusa nam ukradli!

Podniesiony głos zwrócił uwagę leżącego na parapecie kota. Bure stworzenie wyprężyło grzbiet między doniczkami z geranium i usiadło.

— Ja wiem, że ksiądz myśli, że się nie przejmuję nieszczęściem — mówiła powoli — ale proszę mi wierzyć, że tak nie jest. Znam od dziecka ten nasz kościółek i nie ma w nim ani jednej rzeczy, której nie potrafiłabym opisać. Te wszystkie ołtarze, aniołki, Najświętsze Panienki... Gdyby ksiądz proboszcz kazał mi teraz zamknąć oczy i powiedzieć, jak wyglądał skradziony Jezusek, zrobiłabym to! O, proszę...

Przestała czyścić ptaka, opuściła powieki i tak zaczęła opowiadać o obrazie, że nerwy wielebnego znalazły ukojenie. Jej głos obniżył się niemal do szeptu. Słychać w nim jednak było gwar starego Jeruzalem, z jego placami i pałacami, szczękiem maszerujących Rzymian i Panem Jezusem nauczającym w Świątyni Salomona. Stał w niej piękny jak Bóg wcielony. Wszyscy sadyceusze, faryzeusze, esseńczycy, zeloci czy jak tam się nazywali ci starozakonni, wpatrywali się w Niego i słowa wydusić nie mogli. On zaś, trzymając w lewej ręce opasłe tomiszcze, a prawą unosząc wysoko, powtarzał: „Słuchajcie, słuchajcie! Oto Słowo Boże...".

— ...a na koniec powiem księdzu jeszcze, że ramy były cienkie, złote, bez rzeźbień. Zresztą nie ma się czym martwić: ten malunek wróci.

Proboszcz żachnął się, nie bardzo wierząc w takie gadanie. Wstał od stołu, machnął zrezygnowany dłonią i wyszedł z kuchni. Nim zniknął za progiem, zdążył usłyszeć:

— Jeśli nawet nie wróci, to niech się ksiądz pocieszy, że takiego smutku nie będzie w tej plebanii przez najbliższe dwadzieścia lat!

Helena nie pomyliła się. Owszem, zdarzały się proboszczowi kłopoty większe czy mniejsze, ale żadnym z nich nie przejął się tak jak kradzieżą obrazu. W porównaniu z nią karne odsetki za niezapłacone faktury, śmierć burego kocura, którego przejechał samochód, czy kilka zerwanych podczas wichury dachówek wydawały się mu czymś zgoła błahym.

Prawdziwy smutek powrócił dopiero w dniu, w którym zmarł papież. Jego śmierć nie była zaskoczeniem. Zbierało się nań od dawna, a potwierdzały to kolejne wieści z Watykanu: Jan Paweł II jest chory. Przeszedł operację. Stan Ojca Świętego pogorszył się. Jest w agonii. Umarł.

Proboszcz Stroh odprawił po śmierci papieża egzekwie, przepasał kirem flagi kościelne i watykańskie, wypalił z wiernymi dziesiątki zniczy pod krzyżem misyjnym. Wszystko to robił z przejęciem, często zamyślając się również przy ołtarzu. Tej żałoby nie można było porównywać ani z odejściem Pawła VI, ani ze zgonem Jana Pawła I. Nawet gdy w roku sześćdziesiątym trzecim umierał Jan XXIII, bądź co bądź błogosławiony, serce księdza nie wylało tylu łez, co po papieżu-rodaku.

Pogrzeb Jana Pawła II był też pierwszym, który duchowny zobaczył w telewizji. Skróconą relację z ceremonii oglądał przy skromnej kolacji. Siedział w swoim pokoju i wpatrzony w mrugający ekran przełykał z mozołem kęs chleba. W sumie nie miał ochoty na jedzenie, zwłaszcza w takim momencie. W telewizorze leniwie przesuwały się zdjęcia wystawionej na Placu św. Piotra trumny. Kartki leżącej na niej księgi wertowało — widział to doskonale — tchnienie Ducha Świętego, które po chwili zamknęło ją na dobre. Klaśnięcie czerwonych okładek przeszło nieoczekiwanie w warczenie dzwonka u furtki.

„Nie do wiary" — proboszcz odłożył nadgryzioną kanapkę — „Jak można przeszkadzać o tej porze?"

W wieczornych ciemnościach nie zauważył przed plebanią nikogo. Dla pewności jednak przetarł zroszone mżawką grube okulary i zawołał w stronę ulicy:

— Halo! Jest tam kto?!

Za bramką było tylko milczenie.

— Dziwne... — wymamrotał do siebie i zawrócił do domu. Sięgnął klamki, a wtedy dzwonek zabrzęczał znowu.

Zrobił w stronę płotu kilka bardziej energicznych kroków. Tym razem nie nadaremno. Przed furtką stał mężczyzna. Jego twarz skrywała się pod naciągniętym na głowę kapturem, widać było tylko mokrą, szarą brodę.

— Przepraszam, że księdza niepokoję... — zaczął ostrożnie. — Chciałem... Chciałem to księdzu zostawić...

Podał długi rulon w czarnym, foliowym worku.

— Proszę o nic nie pytać. Jedyne, co mogę powiedzieć, to to, że za swoje grzechy już odpokutowałem... Teraz, gdy nie ma naszego papieża, pewne rzeczy trzeba zacząć w życiu od nowa...

Nieznajomy odwrócił się i zanim ksiądz zdążył zareagować, rozpłynął się w ciemnościach.

Proboszcz otworzył paczkę w gościnnym pokoju. Pod foliową osłoną była dodatkowa, z delikatnego materiału. Przykląkł na podłodze i zaczął rozwijać rulon.

Jeden obrót, drugi... — ukazało się ciemnobrązowe tło. Przy trzecim zajaśniała aureola, czwarty odkrył twarz Pana Jezusa.

Wielebny poczuł, że krew zaczyna krążyć mu szybciej, mocniej pracują tętnice. Uniósł się i podreptał do barku. Wyjął butelkę brandy, nalał do kieliszka i nie bawiąc się w znawcę szlachetnych trunków, wypił wszystko od razu.

— Wielki Boże... — wyszeptał, a jego wzrok skrzyżował się z pełnym wyrzutu spojrzeniem Pana Jezusa.

Tej nocy nie zasnął. Większość czasu spędził na wpatrywaniu się w odzyskany obraz. Wydał się on mu jakiś inny, niepodobny do tamtego sprzed lat.

Wytłumaczenie, które znalazł, było proste: „Postarzałeś się, Panie Boże".

Myśl ta powracała uporczywie, natrafiając co rusz na wyrzut Pana Jezusa: „Dlaczego nie wierzyłeś, że kiedyś wrócę? Mówiłem przecież: Nie znasz dnia ani godziny".

Poranną mszę proboszcz odprawił z trudem. W jego głosie nie było radości z życia, a co dopiero radości z przypadającej tego dnia Niedzieli Palmowej. Nabożeństwo skończył znacznie szybciej niż zwykle i zamknął się w plebanii.

Helena już tam na niego czekała. Na stole postawiła talerz z gorącymi grzankami i pękaty imbryczek z herbatą.

— Coś nie najlepiej ksiądz dzisiaj wygląda — odezwała się, nalewając esencję do filiżanki.

Odstawiła imbryk i zerknęła przez uchylone drzwi do pokoju gościnnego. Widać w nim było leżącą w nieładzie czarną folię i jakiś materiał. Obok nich stał rulon.

— I po co były te nerwy? — kobieta dotknęła ramienia proboszcza. — Przecież mówiłam, że wróci.

Żar

Zorientowała się, że nie ma koperty dopiero na Długim Targu. Sprawdziła kieszenie płaszcza, przeszukała torebkę, rozejrzała się po wyścielonej kamiennymi płytami ulicy, jednak nigdzie jej nie było. Obróciła się raz i drugi z nadzieją, że skądś do niej zamruga, przywoła, ale nic takiego się nie stało. Miała za to wrażenie, że wszyscy wokół obserwują jej zmieszanie — sprzedawcy pamiątek, turyści, nawet poczciwy Neptun, którego znała od najmłodszych lat.

— Dobrze się pani czuje? — usłyszała niski męski głos.

— Tak, tak... Dziękuję, nic mi nie jest... — odparła, nie wiedząc nawet do kogo mówi.

Zrobiła kilka niepewnych kroków, a potem ruszyła tą samą drogą, którą tu przyszła.

To nic takiego, tylko list, kawałek papieru — przekonywała siebie. Miało to przynieść ukojenie, lecz zamiast niego ogarniała ją wściekłość.

Jak mogła go zgubić? Ot, tak. Banalnie. Niezauważenie.

List otrzymała zaledwie rano. Był w bladoniebie-
skiej kopercie z nalepką „priorytet". Nie spodziewała
się, że to od Niego, bo niby dlaczego miałby w ogóle napisać? Spędzili razem prawie cały wczorajszy dzień, naj-
później pojutrze spotkaliby się znowu.

Po prostu chciał jej zrobić jeszcze jedną przyjemność — znalazła najprostsze wyjaśnienie.

Odkąd go poznała, nie mogła narzekać na brak czu-
łych słów. Zazwyczaj zamykał je w mailach lub SMS-ach.
Czasem, pod jej nieobecność, zostawiał w pracy karteczkę dołączoną do kwiatów. Takie drobiazgi sprawiały, że
znajdowała spokój i pewność, iż ją kocha. Przy nim,
po raz pierwszy w życiu, złapała oddech, zobaczyła, że
wszystko można robić inaczej, bez pośpiechu.

Poranna przesyłka była dla niej dowodem, że to
właściwy wybór i że nie uległa jakimś dziewczęcym
uniesieniom. Z radością czytała kartkę w przepełnio-
nym autobusie, siedząc w pracy, zerkała na nią przy
obiedzie, w restauracyjce niedaleko Wielkiego Młyna.
Próbowała przeniknąć wystukane na maszynie ze staro-
świecką elegancją słowa, jakby miały one jeszcze inne,
tajemne znaczenie.

Teraz jednak już ich nie było. Przepadły, a ona nie
potrafiła się z tym pogodzić.

Idąc od Długiego Targu, wpatrywała się w zakamar-
ki ulicy Kramarskiej, w załomy murów kościoła Mariackiego. Lustrowała chodniki na Szewskiej i Złotników.
Wydawało się jej, że zajrzała wszędzie, że nie przeoczy-
ła żadnego miejsca, w którym list mógłby się schować.

Z zamyślenia wytrąciło ją powtarzające się wołanie:

— Katarzyna się pali!

Spojrzała w stronę wylotu ulicy — ciemniał od dymu. Skłębiony słup wspinał się ponad kamienice, ściągając ku sobie zaaferowanych ludzi.

Przyspieszyła kroku. Zaczęła biec.

— Proszę nie podchodzić! Proszę się odsunąć! — strażak z krótkofalówką zatrzymywał przechodniów szeroko rozłożonymi rękoma.

Udawali, że nie słyszą poleceń. Przemykali bokami, wzdłuż murów. Chcieli zobaczyć jak najwięcej. Poszła za nimi, nie zważając, że jest ubrana w swój ulubiony jasny płaszczyk.

Była w tym miejscu zaledwie pół godziny wcześniej, gdy nic nie zapowiadało, że kościół zostanie wyrwany z popołudniowego rozleniwienia. Trwał w nim przecież odwiecznie, wbrew wszelkim wyrokom losu.

Kiedy podeszła bliżej, mury syczały z gorąca. Ogień ślizgał się po dachu, omiatał zwieńczoną zielonkawym hełmem wieżę. Widać go było z najdalszych dzielnic Gdańska.

Stojący u stóp świątyni gapie nie dawali jej większych szans.

— Pójdzie z dymem — mówili z przekonaniem.

W duchu przyznawała im rację, bo wystrzeliwane w niebo strugi wody nie zmniejszały płomieni. Wydawało się, że za chwilę pożar przeskoczy na carillion i strawi wszystko do szczętu; stopione dzwony popłyną wtedy ulicą, ucichną wygrywane przez lata melodie.

Próbowała je sobie przypomnieć. Przecież niemal codziennie słyszała dobiegającą z wieży muzykę. Brzmiała metalicznie, ale czysto. Co to mogło być? Pewnie Bach, bo Bacha wszędzie grają — stwierdziła.

I zaraz przyszła jej na myśl patronka kościoła, święta Katarzyna Aleksandryjska. Żywot męczennicy znała doskonale, bo ksiądz, z którym miała lekcje religii, powtarzał go co roku, zawsze w listopadzie. Na dłużej zatrzymywał się przy opisach biczowania i łamania kołem. Wtedy jeszcze nie rozumiała zakończenia historii, w którym ulżono Katarzynie, ścinając jej głowę.

Ulga... Poczuła ją nagle. Jakby kamień spadł z serca. Zobaczyła, że przy krawężniku leży coś bladoniebieskiego. Z daleka wcale nie przypominało koperty, ale była pewna, że tego właśnie szuka.

Przecisnęła się przez tłum do najbliższego strażaka.

— Chciałabym... Czy może pan podać ten list? — wysapała podekscytowana.

— List? Proszę natychmiast odejść! Za barierkę!

Jego ciało osłoniło ją od nagłego podmuchu gorąca, który odbił się od ścian pobliskich kamienic. Odruchowo ukryła twarz w dłoniach. Nie zdążyła już zobaczyć, unoszącego się za ramionami strażaka błękitnego kawałka papieru. Przez krótką chwilę wiatr targał nim na wszystkie strony, wreszcie wciągnął w kłęby czarnego dymu. Kiedy ponownie spojrzała na krawężnik, nie było koperty ani schowanych w niej słów:

Moja Panno Kochana,
nic nie ma na świecie większego żaru,
niż nasza miłość...

Spis treści

Część opowiadań tworzących „Szepty" ukazała się na łamach „Pomeranii" i „Latarni Morskiej" oraz w zbiorze opowiadań „Tajemnica Neptuna" (GWP, 2007).

Autor dziękuje Wydawcom za wyrażenie zgody na przedruk tekstów w niniejszym zbiorze.